女人的心

欲掙脫禮教的束縛，卻又走兩步退一步

盧隱——著

一個以為自己可以不顧世俗眼光追隨愛情的人妻；
一個用情至深最終卻遭刺骨荒涼的痴情文學男子；
一個出國深造實則拋家棄子甚至拈花惹草的人夫；

在美其名為「愛」的背叛之下，她能得善果嗎？
她還有資格獲得幸福嗎？

目錄

目錄

第一章　初識

正是一個初夏的早晨，素璞為了她的朋友黎雲結婚，她要去幫忙，所以絕早便起來了。當她走到櫛沐室的時候，太陽剛剛晒到柳樹巔，一群雲雀紛紛向各處找吃食去。

素璞站在一面大菱花鏡前，打開了頭髮，右手拿著一把淡黃色玳瑁的梳子，只放在頭頂上，怔怔地出神；她想今天是黎雲結婚的日子，而且是一個晴朗爽麗的好天氣，真可算是良辰美景了。據黎雲說他倆已戀愛三年，只為了那位新郎海文已經結過婚，因此他倆在苦戀中掙扎了三年；直到最近海文才和他的妻子正式離了婚，現在他倆是有情人終成眷屬。……一對苦戀的人，達到結婚的目的，黎雲不知怎樣快樂呢！唉，人人都有一個甜美的黃金時代，我自己呢？

素璞默默地沉思著，那拿梳子的手軟癱癱地落了下來，她連忙把梳妝臺下的春凳拖了出來，爽性對著鏡子發起呆來，她一個苦悶的心正回味到四年前她的婚禮上去。

那時也是一個晴明的好天氣，而且又當百花開得最燦爛的仲春時節，百靈雀和黃鵬早晚唱著婉妙的歌聲；那時候她僅僅十七歲——一個對人生毫無認識的少女，在中學三年級裡讀書，在學校年假大考結束後，她帶著快樂閒散的心情，回到家裡；看見她母親整日整夜地忙著，定作家具呀，買衣料呀，她莫名其妙地問母親道：「媽媽買這些東西作什麼？」而媽媽總是含笑不言，有時或者說：「自然有用處。」不久年假滿了，她預備搬到學校去，媽媽連忙把她叫到跟前，摸著她的頭髮一面慈和地說：「阿素這半年不必上學了。」

「為什麼不上學，媽媽？」

媽媽沉吟了一下說道：「賀士已經畢業了，一兩日就從上海回來，六七月間要到外國去，這一去至少三四個年頭，而你們的年齡也有這麼大了；我想還是讓你們結了婚他再走，我也放了心，不然一個青年男人在外國住上幾年，難保不發生變卦，所以前些時候我已去信和賀親家商議著，就在春天把你們的大事辦了，你能和他同去更好，不然的話他也有個掛牽，就不致發生什麼毛病了。」她聽了母親的一番話，心裡說不出是歡喜還是憂懼，只覺得滿心腔中充塞著一種異樣的感覺，見了人不由得羞答答地不敢抬頭，那些親眷們又常常跑來和她開心什麼「小姐大喜呀！」那位老姑媽更使她難為情，每次來了，總是把她通身上下端詳個仔細，然後笑瞇瞇點頭道：「這孩子倒有些福氣，聽說姑爺人品長得不錯，而且學問也好，今年剛剛二十多歲已經大學畢了業……」老姑媽嘮嘮叨叨說個不休，這給她一種很好的印象，於是她感覺得這位未來的夫婿，已占據了她整個的處女之心了。

她在家人忙亂的熱鬧空氣中，匆匆地已過了兩個多月，眼看吉期一天近似一天，她這時每日只躲在房裡，繡一對鴛鴦嬉水的枕頭，在那一針一線中織著她美麗的熱情的幻夢。

最後她所理想的結婚生活，變成事實了。賀士果然是一個神雋的青年，在新婚的生活裡，他倆都昏昏沉沉地過著，也許那就是所謂甜蜜吧！不過他倆興趣上似乎總有些不相投，時時顯露出互相間勉強應付的痕跡。

竊賊般的時光，悄悄地溜走，她結婚已經兩個多月了。一天早晨她從床上起來，賀士還沉沉地睡著呢，她披了一件睡衣，推開玻璃窗，倚著窗欄，看見院子裡的海棠花一朵都沒有了，倒是樹蔭深處已綴著豆粒般大的海棠果了。同時天氣也一天一天悶熱起來，賀士出國的日期將近，她對於離別的滋味，有點模糊的淒酸，不免掉過頭去望著正在甜睡的賀士。這時賀士正打了一個轉身，微微地睜了一下眼睛，便又睡去了。她覺得一個人怔在窗前沒有意思，便悄悄地走出房門，牆陰的兩株紅玫瑰已經開得很茂盛了，她便摘了幾朵，仍回房來；賀士這時已經醒來，他看見她雲鬢蓬鬆還不曾梳洗的樣子，便問道：「你這麼早跑到園子裡作什麼？」

「我去摘幾朵玫瑰花泡茶吃！」

「哦，玫瑰都已經開了嗎？」

「是呀，光陰過得多麼快！」她說了這話，心裡有些發哽，並且嘆息了一聲道：「再有十天你也就要走了。」

「不錯，僅僅只有十天了；素璞，我走了以後，你一個人在家裡也悶，不如和媽媽商議，還是繼續去讀書吧！」

「也好，不過我近來似乎有些毛病，常常頭疼，而且心頭作嘔，月經已經兩個月不來了。」

「那你怎麼不早說，好找個醫生看看。」賀士說著連忙爬了起來，要水洗過臉，就匆匆去找楊大夫來。

不久大夫到了，仔細地檢查後，便含笑道：「恭喜嫂夫人是喜病，沒有什麼關係，過了一定的時期，自然會好的。」

她自從聽到自己要作母親的消息，似乎害羞又似乎驕傲。同時她有點懷懼，因此她要求賀士再遲半年去國外，賀士也答應了。從此她便安靜地等待著。到了年底她很平安地生產了一個活潑可愛的小女兒。賀士在第二年的春天，就離開她到歐洲去了，現在已經是去了三年……素璞回味到這裡，不禁嘆了一口氣；這時心裡充滿了無限春愁，她早要知道別離是這樣的滋味，真不該讓賀士單獨出國了。她不禁滴下悲怨的淚滴。正在這時候，張媽拿了洗臉水進來說道：「少奶奶洗臉吧！」

「放下好了！」她懶懶地回答著，站了起來；一面洗臉一面淚滴兒仍如瀉珠般滾了下來，她這時不但想到異國的賀士，而且也想到家鄉幼小的愛女，因為當她生產以後，賀士即出國，她便到北平進了大學，現在也整整離家三年了。

這一早晨素璞在哀愁與回憶的情緒中混過，而不待人的時間，早又中午了。海文和黎雲的婚禮是三點鐘，吃過飯就應當去，因此她忙忙地收拾了，換了一件衣服，坐車子到了中央公園。這時滿園花草，都開得燦爛奪目，又加著兩排蒼松翠柏更引人留戀，果然是好天氣，美景色，誰說老天無知呢，安排了這樣的畫境，為這一對幸福的人兒……

她一面走一面想，不知不覺已早到來今雨軒了，她剛想向茶房問黎雲來了沒有，只見黎雲已笑嘻嘻站在戶口向她招手，她連忙迎了上去道：「怎麼樣？一切都準備好了嗎？」

「也沒有什麼可預備的，只等時候到了行禮。」

「海文沒來嗎？」

「他去拿定的花球去了。」

「你家裡的人呢？」

「他們都在後面的屋子裡，我來替你介紹介紹，回頭請你幫著她們招待來賓。」

黎雲領著素璞繞過那草坪，便進來今雨軒的大廳，只見禮堂裡滿是花籃和松柏枝搭就的臺子，十分富麗。在大廳的後面，有一間小屋子是預備新娘化妝的地方，黎雲推開門，只見裡面坐著兩個男人，一個女人，黎雲指著那位三十多歲矮胖的男子說道：「這是家兄。」又指著那位團臉的女人道：「這是家嫂。」這時另外一個年輕的男人也站了起來，黎雲說：「這是舍侄純士，他在西郊大學讀書，」回頭又指著素璞說：「這是我的同學素璞女士。」大家見過了，黎雲的哥嫂，便向素璞含笑道：「今天要勞女士的神，替我們招待招待客人！」

「那是當然幫忙的。」

她們應酬了幾句話後，黎雲便對純士說道：「你們外頭坐著吧，恐怕客人也快來了，我讓嫂嫂替她燙頭髮。」純士應著便陪素璞到大廳上，參觀了一陣禮堂。他便招呼素璞到廊子上的茶座上坐下，茶房泡了一壺香片茶，又擺了一桌子的糖果，他倆吃著茶等待客人，但是時候還早，除了一些遊園的人們，從這裡經過外，還不曾有人來；在這閒暇時間中，素璞忽然抬起頭來，向坐在對面的純士望了一望，她覺得純士面孔上，有一種使人難忘的印象，她莫名其妙地把純士的五官暗暗地品評著，最後她發現他的眼睛特別光亮。同時她感覺賀士雖然是一個美男子，可是趕不上純士聰雋有精神。她正在呆呆地思量著，忽聽純士說道：

「素璞女士是研究教育嗎？」

「不，我是研究史地的。」

「快畢業了吧？」

「還有一年半。」

「貴校的史地用的是什麼課本？」

「我們不用課本，完全是講義，不過先生另外還寫了幾本英文的參考書。」

「女士也喜歡看西洋文學書嗎？」

「偶爾也看一些，如迭更司的小說呀，大仲馬父子的作品等，不過我的外國文程度太淺！」

「那是女士太客氣了，我常聽見黎雲姑姑談起女士對於中國文學很有根底，而且我也曾拜讀過女士所填的《浪淘沙》，真是調高韻逸；幾時女士也教教我填填詞！」

「笑話，我哪裡會填什麼詞，不過一時高興，胡亂寫上一些罷了。」

他倆正談得高興時，忽見有幾個客人已向這裡走來。純士招呼客人到大廳裡坐著，素璞去看黎雲，只見她已將一頭的烏雲，燙成水波紋式，臉上擦了脂粉，果然比較年輕美麗了。黎雲對著鏡子向素璞含笑道：「你替我把紗披上試試看。」素璞便把那長方盒裡的薄如蟬翼的白紗，輕輕地拿了出來替她齊額披好。襯著身上粉紅色的禮服，果然光豔耀眼。素璞扶她坐在椅上，這時女客也來了不少，有幾個親眷走進來看新人，黎雲默默含情地低著頭，讓她們品頭評足，素璞本想陪著她，忽見她嫂嫂進來說道：「素璞女士，外面來了幾個黎雲的同學，請你去招呼她們坐吧。」素璞聽了這話，只得撇下黎雲到外面去招呼了。

五點鐘行過禮後，來賓們都紛紛坐上席了，正好素璞同純士坐在一張桌子上，當喜宴將散的時候，純士向素璞低聲說道：「黎雲姑姑叫我請女士慢一步走。」

不久來賓都散盡了，黎雲已把頭紗取下來，換了一件玫瑰色的軟緞繡花旗袍，滿臉喜氣地挽著海文走出公園，坐汽車回家，純士另外雇了一輛車子送素璞回去。

在寂靜的長安街上，路燈閃閃地發著青綠色的光，天上繁星如棋子般滿布著，一鉤新月才從雲層裡吐露出來，春天的和風，夾著花香拂吹著，這美麗的夜，當然是最適合新婚兒女的環境，便是這一對初識的青年男女，他們依樣地也被這軟軟的春光所陶醉了。在這個時候無論哪一個人，心弦上都顫動著活躍的音波，而憧憬著夢幻的美麗，雖然明知自己所想像的，是超越實際的熱情，但是春便是整個浪漫的象徵，因此這汽車中的純士和素璞也竟不能逃避春的誘惑，在他倆的心田深處，已暗暗地灑上相思的種子了。

不久已到了素璞的家裡，純士看著素璞下車進去了，他才又折回城東去，在車上他似乎驚喜著自己發現了些什麼，但同時又像是失掉些東西似的。

第二章　接近

天色才有些朦朧，素璞從夢中醒來，一隻手撩起白色的蚊帳，只見嫩綠的柳條，在殘月疏星的光影中，輕輕地蕩動；東方的天容，尚自寂寂不見霞彩；從枕頭底掏出手錶一看，原來才四點鐘，她轉過身子去，打算再睡一覺。但是眼睛儘管閉著，睡魔總不肯光臨，腦子裡倒像開了電影，一幕一幕清楚地演映著往事。最奇怪的是純士的面影不住在她的意識界裡浮泛，同時不免聯想到去國外三年的賀士了，不知他在異國過些什麼生活，也曾想到她空閨獨處的淒涼沒有？咳，光陰是過得這樣快，春青是不常久的，而賀士總不想著回來，使這美妙的光陰，在離愁別恨的心情中消盡，素璞想到這裡，由不得要羨慕新婚的黎雲夫婦，同時也對自己的孤寂而傷感，這時心頭一陣酸楚，由不得兩行清淚沿頰而下。

素璞哀思沉沉地躺著，窗外的雲雀早被陽光驚醒，吱吱地叫著。鄰家的黃狗，也斷續地吠著，遠遠已聽見街車隆隆粼粼的聲音，她一翻身從床上起來，拭乾了眼角的餘淚，開了冷水管草草洗過了臉，從屜子裡拿出賀士的一張四寸大小的照片，看了看，但是這影裡情郎是這樣木呆呆地望著她，再不諒解她心頭的焦愁，而安慰她，她嘆了一口氣依舊放下照片，只坐著出神；忽然聽見走廊上有人走路的聲音，跟著楊媽托著一杯熱氣蒸騰的牛奶來，說道：「少奶奶今天起得這樣早！」她「嗯」了一聲，伸手接過牛奶來，有心無意地喝了下去。楊媽接了空杯子出去了。素璞站起來，對著鏡臺草草地梳了一下頭髮，從衣架上取下那件綢子的夾大衣，披在身上，走到庭院裡，無目的地兜圈子；只見楊媽手裡拿著一封信，從外面走了來。

「少奶奶！這是黎雲小姐那裡送來的，說是要回信的。」

素璞接過信來，一面拆信，一面向楊媽道：「你叫他等一等吧！」

楊媽答應著去了，素璞只見一張淺紅色的花箋上寫道：

素璞姊姊：

昨天多勞了，非常感謝！今年妹擬請幾個朋友來家便飯，務望姊撥冗光臨，毋任盼禱之至，匆匆順祝康樂！

妹黎雲謹具

第二章　接近

素璞看完信，心裡仍然悶悶的，本想辭掉了不去，又覺得在家裡也沒什麼趣味，倒不如去混混吧。於是她拿了一張卡片寫道：

黎雲妹妹：

蒙寵召甚感！屆時定來，再談！

素璞再拜

素璞將電影寫好，交來人帶去，把筆往桌上一丟，站起身來，向書架上抽出一本小說來，看了幾頁，時鐘早已敲了十二下，連忙打開粉盒，向臉上撲了一撲，換了一件蓮灰色的夾旗袍，拿著手皮包，走出門來。恰好有一輛人力車停在那裡，她坐上去道：「到東城無量大人胡同！」車伕一見這位不講價的僱主，心想這是好買賣，於是歡天喜地提起車柄，如飛地向前跑去。

轉了一條馬路，無量大人胡同到了。就在路西的一家紅漆大門口停住，素璞給了車錢，便向前敲門，跟著出來了一個看門的男子，請素璞裡面坐，素璞正往裡走時，早已看見黎雲和海文一對兒，滿面笑容地迎了出來，同時說道：「客人都到了，就候你一個呢！」

「真的嗎？那真對不起了！」素璞含笑說。

「等些多喝兩杯酒就行了。」黎雲說。

他們一面說一面已進了客廳，果然已經來了不少客人，大家見素璞走了進來，都站起來招呼，素璞已看見純士也在那裡，她不知不覺高興起來，這時純士也笑盈盈地走過來道：「素璞女士，昨天真受累了！」

「純士先生太客氣了，倒是那麼夜深，還勞你送我回家，真使我不安呢！」素璞說。

「好了！好了！」黎雲叫道：「你們大家都不必客氣了，歸根到底都是為了我們，只有讓我們向諸位道謝！」

他們正在互相謙謝時，僕人已來請吃飯，素璞隨著大家來到飯廳裡。看見那屋裡，已整整齊齊擺著一桌席，在每一個座位前，放著一張小巧精緻的畫片，寫著各人的名字，於是大家找到自己的名字坐下。素璞的右邊恰好是純士的位子，純士連忙把椅子拖了出來請素璞坐，素璞含笑謝了坐下；僕人陸續地上著菜。黎雲向純士道：「純士，你招呼素璞多吃兩杯酒！」純士果然把酒壺拿起，替素璞滿滿斟了一杯，同時自己也斟了，說道：「素璞女士，我敬一杯！」素璞連忙欠身道：「對不起，我的酒量太小，這一杯受不了，還是讓我慢慢吃吧！」

「那是女士太不賞臉了，」純士說：「我聽黎雲姑姑說女士的酒量極好。本來一個有天才的人，沒有不善於喝酒的，只是我面子小，所以女士不肯喝！」

「純士先生太言重了，好吧！我喝一杯！」素璞果然把一杯酒乾了。純士連忙又替她斟上一杯，一面又替她布菜；素璞空著肚子，喝下這杯酒去，只覺一股熱潮衝上臉來，頭有些暈，心脈急切地跳著。純士才知道她果然酒量不大，連忙吩咐僕人打熱手巾，又親自剝了一個蜜桔送在她面前。素璞吃著桔子，她的心靈早已飛越到另一個世界去了。只覺得全身癱軟無力，勉強地吃了一些菜，直挨到席散，她連忙找到一張沙發椅靠著。純士偷眼見她兩頰緋紅，倦眼微餳，更比昨天好看了；心裡也禁不住一動，但是再一想她已經是羅敷有夫的人，自己不應尚存什麼非分之想，他這樣自己責備自己，但他仍不能避免熱情的襲擊……不禁心裡暗誦著古人的詩道：「還君明珠雙淚垂，恨不相逢未嫁時。」他感嘆著，陡然又想起一件事來：——

前半年，黎雲姑姑住在學校裡，忽然患了胃病，父親曾到學校的療養室去看她，只見一個女子，正替她煎藥；態度十分溫柔、誠摯，父親看見心裡非常賞識那個女子；回家他對媽媽說：「黎雲妹妹的那個女朋友，樣子長得還不錯，而且性情溫柔，對黎雲妹妹真是體貼入微，這樣的女子，現在真不容易找到，不知道她已經定婚沒有；如果能替純士找這樣一個妻子就好了。」後來父親果然對黎雲姑姑說起，黎雲姑姑嘆了一口氣道：「沒緣法，人家已經是一個孩子的母親了。」父親聽了這話，也就放下不提，不過弟弟們常拿這件事和他取笑，他呢，也只當是一件笑談，在他心裡，從來沒有把這件事當真過，誰知昨天在來今雨軒一見，這一顆毫無罣礙的心，竟不期然地受了糾纏……

純士默默地沉思著，忽見黎雲走過來道：「純士你來，我和你商量一件事。」

「什麼事情呢？」純士說。

「你現在功課忙不忙？」黎雲問。

「不算忙……」純士說。

「那就好，前幾天素璞請我替她找一個人補習英文，我當時就想和你商量。因為事情忙，簡直就忘了，適才她又和我提起，我想你要是不很忙，就不必另找別人，乾脆請你幫幫忙吧！」

「就是她一個人補習嗎？」

「是的，你的意思覺得怎麼樣？」

「當然沒有什麼不可以的，只是每個星期只能補習兩次，因為學校離城太遠，除非星期六，和星期日，再沒有功夫進城的。」

「其實兩天也盡夠了，你想什麼時候開始好呢？」

「那都隨便，不過既已答應了，就早些開始吧！」

「好，等我找素璞來，你們當面接洽！」

黎雲送了客人們回來，便約了素璞到客廳來，純士連忙站起讓坐。

「素璞，我已經替你請好了先生啦，只是什麼時候好，你同純士去商量吧。我叫他們泡碗濃茶給你們吃。」黎雲說著便到裡頭去了。

「素璞女士真是好學。可佩！可佩！」純士微笑地說。

「什麼好學，實在感覺得文字不夠應用，只好特別巴結些了。」

「女士為什麼總是這樣客氣？」純士悵然地說。素璞聽了這話不禁一笑道：「學生對先生當然應該客氣些！」

「言重！言重！這麼一來我倒不敢答應替你補習了。」

「好了，我們不要盡開玩笑吧，倒是定個什麼時候好？」

「我星期六下午一點鐘進城，星期日下午六點鐘回學校，如果是補習兩次的話，我想星期六下午兩點到四點，星期日上午八點到十點。」

素璞聽了這話，沉思了一下道：「很好，就這麼定規了，只是用什麼書呢？」

「那隨女士的意思，喜歡補習什麼都可以。」

「我想補習一本西洋近代史，其餘再讀一些文學作品。」

「好……今天是星期四，就從後天開始吧，我到女士家裡去。」

他們商量定後，時候已將近黃昏，素璞便辭了黎雲、海文回去。

素璞到家，吃過晚飯立刻把要補習的兩本英文書找了出來，自己先預習了一遍，精神有些疲倦上來，便收拾睡下。

這一夜她睡得很好，她的心似乎比較充實了。

轉眼星期六到了，她一早起來，吩咐楊媽把屋子打掃乾淨，又預備了一些精緻的糖果點心，把書房裡的花瓶的殘花都換了新鮮的，真是收拾得窗明幾淨；午飯後她本想稍微睡一下，但是躺在床上，心緒如潮，她自己也莫名其妙，為什麼這樣不安，而且是有生以來，第一次感到心的眩惑，最後她躺不著了，重新洗了臉，淡淡地施些脂粉，便到書房裡，對著書，支著頤，怔怔地出神。壁上的時鐘噹噹地敲了兩下，她的心更跳得厲害了；只得深深地呼了一口氣，勉強地鎮靜著；不久院子裡，聽見槖槖的皮鞋聲響，楊媽領著純士進來了。她連忙站了起來迎接。純士含笑地問道：「女士一個人住在這裡嗎？」

「不，還有幾個親戚，他們到西山玩去了。」

他們寒暄後，素璞把書拿出來；純士細心地講解了一遍，又出了幾個問句；素璞很敏捷地回答了，兩點鐘的時間早已過去。

素璞收起書，吩咐楊媽把預備好的茶點拿了出來，純士吃著茶，和素璞款款地談著。早又滿樹斜陽，庭前老鴉呱呱地叫鬧，純士只得辭了出來。在歸途上純士的一顆心依然繞在素璞左右，他覺得素璞不但有女性的溫柔，而且同時也有堅固的意志，和奮鬥的精神；在我的生命史上這是第一次與女性接近，想不到就碰到這樣一個不容易使人去心的女人。他覺得歡喜，但又感傷，當然他自己覺得有點臉紅，為什麼那樣自私，占有欲那樣強？這已是一朵有主的名花了……除了作一個好朋友，不能再有別的希望呢！……這是純士的心事，不過上帝安排的命運究竟怎樣，不但我們不能揣測，就是素璞與純士他們也何嘗算得定呢！他倆只是一對瞎子，閉著眼向前走，走到哪裡算到哪裡。

光陰一天一天過去，素璞同純士的認識也一天一天深起來，他們每星期有兩次的聚會，雖然在這一年春天過完時，他倆還能勉強保持淡然的友誼，不過在他倆的靈海裡已湧起苦悶的惡浪。那一夜純士從素璞家裡教書回來後，素璞躲開親戚們，獨自坐在竹叢前，悄悄地流淚；而純士呢，獨自在天安門的石路上，徘徊沉思，使得天上那位多情的月姊，也不禁黯然，她終於不忍看這一對苦悶的人兒，而躲到濃雲背後去了。

第三章　低訴

純士從素璞那裡教完書出來，已經是日影橫斜，晚鴉歸巢的時候了。他捧著一顆紊亂的心，回到家裡去，一走進門就聽見黎雲哈哈的笑聲，便連忙上前去招呼，黎雲向他笑嘻嘻地說道：「神氣喲！先生回來了。」

「姑媽專門說笑話……姑夫呢？」純士問。

「他看朋友去了，回頭會到這裡吃晚飯的。」黎雲說：「喂，純士，我問你，素璞的英文程度怎麼樣？」

「當然不算好，不過她極用功，而且細心！」

「你的觀察不錯，她平常就是一個細心而用功的人！」

純士聽了黎雲在讚揚素璞，心頭陡然又興起一股奇異的情流，——那是一股非常不和諧的情流，一半兒歡喜，一半兒嫉恨，但在他想到素璞每次說起賀士，便表示一種不快的神情時，他的心不禁怦怦地跳動了。……這的確不見得完全絕望，縱使無緣和她發生什麼形式上的關係，但是作個精神上的安慰者，也何嘗不好呢！他沉思到這裡，一天愁煩，都交付那陣晚風帶走了。高高興興地跑到自己房裡，找了一張淡綠色的花箋，蘸了淺紫色的墨水，在上面寫道：

我所崇敬的素璞女士：

當然我們已不能算是初交，兩個月以來，我們時時有見面談話的機會，自然我應當滿足……不過人類的心是異常神祕，而且是一個永遠想著前進的東西，因此我對於女士也是希望我們間的友誼與流光俱進！女士請相信我，一隻純潔柔馴的小羊，還不曾離開母親的懷抱，獨自到社會作人的我，是極需要熱情的培養與誠摯的指導，今後我希望女士時時策勵我，鼓舞我……

純士寫到這裡接不下去了，自然他第一次給一個愛慕的女友寫信，連自己也把捉不定說什麼好，寫得太親暱了怕碰釘子；寫得太輕鬆了，又不能盡意，他把這封信看了又看，覺得還過得去，因此把花箋折了起來，裝在一隻淺紫色的信封裡，外面寫著「素璞女士惠展」。他鄭重地把信放在大衣的袋子裡，預備明天去教書時，乘便遞給素璞。

夜裡黎雲和海文告辭回去，純士回到房裡看了兩頁書，便沉沉睡去了。這一夜他是在溫馨的心情中陶醉著，天大亮了，才被綠窗前的一陣鳥噪所驚醒，連忙收拾了就奔向素璞家去。走到書房裡，只見素璞身上穿了一件黑色印度綢的單衫，素面紅唇，更覺嫵媚，斜倚在那張近窗的沙發上，默默含情地望著窗前的海棠花，一見純士走近，連忙站起來含笑招呼。純士一面看手錶，一面抱歉地說道：

「今天晚了，素璞女士一定等了很久吧！」

「並不很晚，」素璞含笑安慰般地說：「我也才到書房裡來，這幾天天氣漸漸熱了……」

素璞說了這句話，陡然停止，臉上緋紅，連忙裝作叫楊媽倒茶來；純士見了這情形，雖然莫名其妙，不過眼裡看了這酡顏粉面的少婦，也不知其然地紅了臉，幸喜楊媽倒茶來，解了他們的圍。

功課補習完了，楊媽又端出一杯汽水來，純士接過來喝著，立刻覺得冷浸齒頰，氣爽神清，便笑道：「這汽水真好！又清香，又爽涼。」

「哦，那是我昨夜就冰上的。」

「這真多謝了。」

「又來了。」素璞微含怒意地斜睨著他。純士只低著頭暗誦：「宜嗔宜喜春風面！」素璞看他一聲不響，倒禁不住噗嗤一聲笑了出來道：「你怎麼不說話了？」

純士也笑道：「是呀，話太多不知從哪一句說起；我這裡有一封信，請你看看吧？」

「信？」素璞懷疑地望著他道：「是給我的嗎？」

「是的，」他說：「我隨便寫了幾句，請你不要見笑！」

素璞臉上又湧起一股紅潮來。拿著信躲在沙發角裡悄悄地看著，最後她微微一笑，把信折起，夾在那本英文歷史書裡，呆呆地望著窗外。這時她臉上的紅潮漸漸退盡了，眼圈有些發紅，後來她喟然長嘆了一聲道：「天下的事情，為什麼這樣不湊巧！」

純士聽了這話，也正刺在他的心弦上，也不禁低頭嘆氣，後來他忽然想起一件事來，就是賀士和素璞的感情究竟如何，他老早就想問，但今天卻正是機會，因極力鎮靜道：「賀士先生不久就要回來了吧……我想他回國後，你們的生活一定很美滿了。」

「美滿嗎？我也是這麼樣希望，但是天下的事情，如人意的究竟太少！」

「女士為什麼說這樣的話，聽見賀士先生學問人品都不可多得……」

「當然，這樣一個男人，我們是指不出他有什麼劣點，不過不見得是個個女人都喜歡他吧！」

「莫非說女士和賀士先生之間有過什麼裂痕嗎？」

素璞這時抬起眼皮來看了純士一下，淒然一笑道：「純士！」她這樣親暱的稱呼，使純士倒不知所措了，連忙諾諾連聲道：「你能把你們之間的生活告訴我嗎？……假使我能對你們有些益處，我一定幫忙！」

「你曉得我一向都沉在苦悶中嗎？……說起賀士來，他有他的長處——一切男人沒有他那麼細膩；可能他也有他的短處，他的思想太固執了。他滿腦子都是封建餘毒，他不了解女人的心，而且他不承認女子的人格，他要他的妻子絕端地服從他，服侍他……這是我們根本不能合作的原因，……」素璞說到這裡停了一停，又繼續地說道：「而且他也是一個極端自私的人，我們結婚後一年多，他便到歐洲去，聽說他在那裡的生活很舒服，而他從來沒有顧念過我和他女兒的生活，現在我到北平來讀書，我的小女兒放在我娘家母親那裡，就是我每年的用度也都是我母親供給……」

「當然無論什麼人都有些短處的，只要你能諒解他，便什麼都不成問題了。」

「這也是無可如何的想法罷了！」素璞懶懶地答應著。

「好在一個人的生活方面很多，就是家庭生活若略有欠缺，只要別的方面滿意，也未嘗不可得到安慰的。」純士安慰她。

「這倒是實話，所以賀士走後，我才決心到北平來讀書。」素璞說。

「其實事業的安慰，比其他更要緊，試想我們到世界上來了一趟，若果一無所得，未免太辜負此生了。我願意將來我們能作個事業上的互助者，如果能蒙你不棄，把我當一個恭順的弟弟看待，我真不知道怎樣感激你呢！」

「也許你的年齡比我小，不過你的學識卻在我之上，我怎敢作你的姊姊？」

「不，素璞姊！你實在還沒有深切地了解我，我實在是一個不知世故的小孩，我到今天活了二十三歲還不曾離開學校的生活，而你呢，我相信比我強多了，你好好地教導我幫助我吧。我有人心，絕不會忘記你的好處！」

素璞聽了純士天真純摯的話，不禁含笑道：「讓我們作一個純潔的好朋友吧！」

純士喜歡得跳了起來。正當這時候，忽聽得一聲震天動地的午炮聲，才提醒他，連忙告辭回家。當素璞送他到屏風門那裡，他低聲說：「明天給我寫回信呀，千萬別忘記了，我盼望著呢！」

「是了，我不忘記，再會吧！」素璞答應著，直看他轉過屏風門才怏怏地回轉來。到上屋時，她的嬸母問她道：「怎麼今天上了這許久的課？」

素璞被她這麼一問，連忙鎮靜著答道：「因為我請他替我開了兩個外國信封，又起了一封信稿，所以耽誤些時候。」嬸母有意無意點著頭進去了。她也跟到堂屋裡，只見桌上飯已擺好。她坐下陪著嬸母們吃完了飯，獨自躲到房裡，斜臥在沙發上。這時天氣真有點悶人，院子裡金銀藤的溫香，一陣陣襲人，她感到陶醉和疲軟，昏昏沉沉地閉著眼，恍惚間看見純士由外面走了進來，她正想坐起來時，誰知純士已經挨著自己身邊坐下了；同時自己的右手，也被純士緊緊地握住，她怕嬸嬸走進來，碰見不好，所以急著想把手拖回來，但是全身就像被浸在酒罈裡，軟癱癱動彈不得，正在這時候，忽聽她嬸嬸的聲音在喊她，她真嚇得魂飛魄散，用力一掙，醒了。睜開眼一看，一縷豔陽映在玻璃窗間，梨樹上的鳥影，淡淡地照在白色的窗簾上，四境寂寂，哪裡有人聲，更哪裡去找純士的影子呢！

素璞悵然地坐了起來，悶悶地回想夢裡的情景，正在如醉如痴的時候，忽見楊媽手裡拿著一封信進來遞給她道：「少奶奶，這是您的信！」

素璞接過來一看，正是賀士從外國寄來的，連忙拆開讀道：

素妹惠覽：五月十七號的信已收到了。你現在打算多讀些外國文我很贊成，將來有機會，或者也到外國看看，西方的物質文明，民族精神，都足以使我們景仰的。我在這裡住慣了，對於將來回國真有點躊躇呢！前些日子我在柏林認識了一位米利安小姐；她是一個熱心的女看護，前幾個月我在醫院養病時，認識她的。她極細心地看護我，有時還唱歌給我聽；後來我病好了離開醫院，她仍常來看我；這次我離開柏林時，她親自送我上車，當車子蠕蠕前進時，她那藍色神祕的眼裡，滿蓄著清淚，那樣子正像一朵含露的蝴蝴蘭，顫巍巍地招展於晚風裡，唉，這時我心裡真感到凄涼，回想起從前黃浦江頭離妻別子的情形，也沒有這樣難過，你就知道我近日的心情了。不過我身體還照樣康健，你可以放心。我們的女兒現在還在她外祖母那裡嗎？你幾時回去看她呢？我想像她一定長得很高，如果有照片寄我一張也好！再談吧，祝你快樂！

你的賀士

素璞看完信，立刻覺得腦子裡，深深地印上米利安小姐的影子，同時這影子又變成一支鋒利的針，不住地在她心上刺；心頭的血，變成一顆一顆的淚珠，陸陸續續地滾了下來，一件白色綢衫的大襟，沾溼了一大塊。她哭了一頓，最後她突然毅然地站了起來，把這封信丟在屜子裡，她覺得這是賀士先對不起她，——雖然認得純士，事實上是在賀士這封信之前，不過自己一向是克制著情感，不敢有一些越禮的行為，現在賀士既然鍾情於米利安小姐，那我就是有個把情人，也大家抵銷得過呢。因此她決定給純士寫信，並約他到頤和園去清談。她悄悄地來到書房裡，把房門掩起，先對著一面鏡子攏了攏頭髮，便拖過那張自由椅子來坐下，找了兩張仿宋製的宣紙信籤，提起毛筆，只管在墨池裡蘸來蘸去，一雙眼怔怔地望著窗外的樹影，過了約有三分鐘，才向那張宣紙上寫道：

純士：

我是一隻籠裡的雲雀，在一種運命之下，我失掉了自由，從此我的生活是單調的，苦悶的，陽光不是沒有，美麗的樹林不是不多，悅耳的溪流不是不能陶醉人們的靈魂，只是恨我都沒有份！

在我不曾認識你以前，我似乎已習慣了我束縛的生活，我不回憶什麼，也不夢想什麼，只是安靜地讓命運宰割，誰知見了你之後，你偉大的靈光，啟迪了我的愚昧，你強有力地告訴我，命運是我們手中的泥，由我們自己創造什麼便是什麼，從此我對於我的生活，發覺了錯誤之點，我對於我的苦悶感到有解除的必要，我想在你面前低訴，呵，純士，你希望我們的友誼與流光俱進，我更希望我們的友誼與天地同終，讓我們永遠是這世界上的好朋友吧！

近來天氣熱了，我想出城玩玩，這個星期上完課，我們同到頤和園去談談，好不好？再談，祝你康樂！

素璞上

素璞封上信交給楊媽，精神上覺得爽快多了，到嬸嬸那裡坐了坐，吃過晚飯，回到自己房裡。月光正照在窗子上，她便不開電燈，換上睡衣，倒在床上，靜望著如水月華，不知何時竟入夢鄉了。

第四章　月下

素璞自從決心變換自己的生活，她心裡是一半激憤，一半悲怨，同時又摻著些莫名所以的陶醉，這種雜亂的心情，簡直是大大地困惱了她。匆匆星期六到了，純士照例來上課，並且答應她第二天同到頤和園去。當純士走後，她轉身坐在書房的沙發上，默默沉思，雖是窗外美麗的黃昏，閃爍著耀眼的彩霞，她也毫不措意。

夜幕漸漸垂下來了，書房裡的光線更加昏暗，素璞走到窗邊，向天空一望，只見那半圓的皎月，已撥開東方灰色的雲層，向人間照耀了，陡然一個美麗的幻影，躍動於她的意識界裡：

「在一帶馥郁的花林中，閃動著如霰的月光，在那光波下，飛舞著初夏的花魂，那裡是充滿了溫馨的神祕的空氣，在那散亂的花影上，放著一張二人椅，一對青年人正燃燒著熱情，低低地談著。他們遺忘了整個的世界，只有那身旁的一叢荼蘼，了解他們陶醉的心情，在月光下微微地點頭讚嘆！呵，這樣一夜一夜的過去，直到他們脫離這世界的時候。」

素璞幻想到這裡，一顆沉悶的心，禁不住怦怦地跳動起來了。她一面盼望這幻想立刻實現，同時她更預料到這幻想明晚就可實現，但是想到賀士時，她又覺得有點對他不起，後悔不應該約純士了；明天還是託故辭了不去吧，她就想這樣決定了，但是她立刻又感到內心的空虛，她斜在沙發上支著頤只管思量。這時屋子裡已經暗得看不見人了。忽然見楊媽在窗外自言自語道：「這可真怪，少奶奶到什麼地方去了？書房裡也是墨漆黑，難道在書房睡著了嗎？」她一面說一面推門進來，摸著門邊的電燈鈕把燈開亮了。素璞怕被她看破自己的心事，因此真的裝睡，閉了眼假打鼾。楊媽走到面前，輕輕叫了兩聲道：「少奶奶，少奶奶！」素璞微微地睜開眼，看看楊媽道：「唷，我怎麼躺躺竟睡著了，現在幾點鐘了？」

「少奶奶，八點都敲過了，飯已擺好，請你去吃呢！」

「好，我就來了，你先去吧！」素璞說。

楊媽應著果然先進去了。素璞站起身來，整整衣裳，向天空呼了一口長氣，裝著一張歡喜臉到嬸嬸房裡去吃飯。在飯桌上嬸嬸說道：「明天張家辦喜事，我要到天津去一趟，早車是幾點鐘？素璞你記得嗎？」

「普通快車是六點三刻，特別快車是九點，嬸嬸打算坐哪一趟車去？」

「六點三刻太早了，且又不是特別快，我還是九點去吧！」

「也好，但不知在天津耽擱幾天？素璞問。

「至快也得兩天才能回來。」

「叔叔去不去？」

「他不一定，……你明天在家不？」她嬸嬸說。

「也許要到城外去，因為黎雲她們約著到頤和園去，不過我還不一定去不去。」

「你玩玩也好，反正家裡有楊媽她們，你叔叔大約總不會去的。」

素璞見嬸嬸這樣說，嘴裡雖應著道：「是，」但心裡兩念又激戰起來了。

回到房裡，不知不覺又把賀士的信拿出來看看，讀到「回想當年黃浦江頭離妻別子，還沒有那樣難過」的一句，又不禁突起滿腔憤妒的火焰來。想到自己真不值，在賀士的心上，連一個西洋看護婦的地位都趕不上，作這樣傀儡似的妻子，還有人生的趣味嗎？我應當乾脆地和他斷絕關係，素璞想到這裡，立刻勇氣百倍，她打算寫封信責備賀士，同時提出離婚。

忽然間她那嬌小可愛的女兒的影子，浮上她的觀念界來，唉！她是一個純潔的小女兒，我不應當給她造一個不幸的環境；她應享受父親母親的愛撫。這一轉念素璞的心整個軟了，她獨自垂著淚，那時夜色已深，亮月清光，正照在她的臉上，她對著月兒輕輕地嘆道：「聰明的月姊啊，請你告訴我，女人的心為什麼應是這樣多糾紛。你看賀士他只知尋自己的快樂，再不置念妻兒的，我為什麼這樣怯弱，唉，從今以後，我也應為自己打算了，明天我還是同純士去玩，我應當作個獨立人格的女人，我並不屬於任何人，除非對方也一樣地屬於我。」素璞想到這裡，心胸覺得舒泰了。這時月影已移到窗前的梳妝臺上；她轉過身子，漸漸地睡去。

第二天七點多鐘時，她一切都籌備好了，當她嬸嬸坐車到天津去時，她也同純士坐汽車到城外去。在路上她是異常沉默，只望著沿途的田疇出神。忽然覺得純士的手臂，輕輕地放在自己的肩上，她不禁回頭向純士一望，恰好純士的目光也正注視自己呢，這剎那的接觸，使他們彼此的頰上，都染上了一層薄紅，一絲含羞的笑紋，漾於他們的嘴角。純士柔和地說道：「素璞，你覺得高興嗎？」

「你說呢！」素璞低著頭含笑說。

「我覺得高興，你也高興不是嗎？」純士快活地說。

「也許是吧！」素璞故作猶疑的口吻說。

「你真頑皮，為什麼說話總是這樣不痛快！」純士說時捏著素璞的手，素璞一聲不響地低著頭。

「你又在想什麼？」純士扳起她的頭來問。

「純士，我們倆人的遇合多神祕呵！」素璞悵然地說。

「對了，」純士說：「天下有許多事，是出人意料之外的。在三個月以前，我也想不到世界上有你這麼個人，就是知道有你，也再想不到我們一見就那麼傾心！」

「唉！」素璞嘆息道：「只可惜不早幾年遇見你！」

純士聽了素璞的話，抬頭又看見素璞淚光盈盈，他也不禁黯然了，他們不能再繼續談下去，只讓這沉默包圍了他倆。

忽然車子停了，抬頭看見已到了頤和園門口，他們下了車，給清車錢，純士便去買了門票。他倆並肩進去，才走進門，就有一股濃郁的花香撲到臉上來，他們沿著那曲折迴廊往裡去，穿過一個石洞門，就看見灩灩波光的昆明湖了。這時太陽正將到中天，照著整個清澈的湖面，閃起萬朵銀花，千條金蛇，使人睜不開眼來，他們沿湖找到一座乾淨的石級，便坐下來。純士伸手去摸那湖水，已被日光蒸得有些微溫，但是水極清碧，可以一直看到底，裡面的石子呵，水草呵，游魚呵，都看得清清楚楚，同時把他倆的身影兒也清楚地照了出來。素璞在身旁的草地上，摸了一塊小石子，向純士道：「你看我來攪動這一湖靜水。」她說著，便將石子抛到湖中去，果然激起一個漩渦來。純士見了笑道：「你的力量太小了，看我！」純士撿起一塊瓦片，平面的向湖心撇去，一連撇起五六個浪花來，純士得意地笑道：「你看如何？」

「你的力，果然比我大，你不但能激起這靜湖的浪花，你還能鼓起心海的巨濤呢！」素璞說時，望著純士一笑，純士立刻明白她雙關的意思，並且也知道素璞有愛自己的意思，於是勇氣立刻壯了許多，伸手摟住素璞的腰說道：「我們吃飯去吧，吃完飯再到各處逛逛。」

素璞點頭應允。他倆站起來，並肩前行，走到那飯館子時，裡面已坐著不少吃飯的人。他們選了一張比較僻靜的座位，叫了兩份大菜，茶房來問：「喝酒不？」純士不等素璞回答，便搶著說道：「拿兩杯葡萄酒來。」

「怎麼你想喝酒嗎？」素璞問他。

純士微微地笑道：「喝一點酒沒有什麼害處，是不是？」

「當然，」素璞慨然地說：「人生難得是陶醉。」

「對了，對了！」純士歡喜地說：「更難得是和知己一同陶醉，素璞，我但願能在你面前醉一輩子。」

「我可沒有那麼大的魔力！」素璞說著慘然一笑。

「你何必那樣說，只怕你不容許我陶醉罷了！」

「唉，不必說了吧，這些問題，說起來徒亂人心！」

正在這時候，茶房已將葡萄酒送來。純士先端起來向素璞道：「喝酒吧！」

「慢些，等吃點東西再說，不然又要像上次那樣容易醉了。」

「好，好，」純士連忙放下酒。茶房送上番茄牛尾湯來，他們吃過，跟著就是一盤生菜蝦，純士最喜歡吃生菜，用叉子叉起來就要吃，素璞連忙叫道：「喂，別吃，別吃，生菜裡面最容易寄生病菌，如果要吃，也要叫他們拿開水燙過才能吃呢！」

純士聽了這話，果然放下生菜不吃了，他望著素璞說道：「到底你是細心人，我若能有一個像你這樣的姊姊，常常地照應照應我就好了。」

「世界上細心的女人多著呢！這又有什麼稀奇！」素璞說。

「只是細心能算什麼，最要緊的是她能對我細心，像你剛才對我一樣。」純士說。

「這種人當然也有，等我替你介紹一個好了。」

「罷，罷，你不用費心！」純士有些不高興似地說。

「你這人就真怪！」

素璞說著微微一笑，便不響了。純士只望著酒杯出神，這時菜已完了，素璞說：「你不是要喝酒嗎？好，我來陪你喝完，我們到別處去吧！」

純士果然端起酒杯來，高舉著對素璞說：「我祝福你的命運如此酒的鮮豔。」

「多謝，」素璞說：「我也祝福你前途像這酒一樣甜美！」

他們含笑地撞著杯子，跟著把酒一氣喝了下去。

他們出了飯館，日色正毒，便躲在一架藤蘿樹蔭下面，旁邊有一座玲瓏透剔的假山，山下有一座石洞，非常陰涼，他們在石洞裡的石頭上坐下；素璞有些酒意，無力地走進石洞，眼睛疲倦得睜不起來，身體軟癱癱地似乎要睡去，純士連忙靠近她坐下，把她的頭放在自己的膝上，說道：「你靜靜地睡一歇吧！」

素璞閉著眼，把頭點點，果真像已睡著，純士低頭望著她醉意沉醉的臉頰，和那潤如玫瑰花瓣的唇，他想偷著吻一下，但是他不敢，如果素璞翻起臉來怎麼辦？……純士想到這裡，連忙把這念頭壓下去，連正眼也不敢向素璞望了。

不久素璞醒來，說道：「我真睡著了，壓痠了你的腿吧？」

「沒有，你睡得舒服嗎？」純士說。

「當然，」素璞說了這句，自己覺得太忘情了，不禁紅著臉跑到石洞外面去停了一會，她才招手叫純士道：「太陽已經斜西了，我們去到處看看吧！」

純士同她慢步地繞著迴廊走了一圈，又到石船上看了些時湖上的夕照，五色的彩暈，映得湖水紫一塊，紅一塊，綠一塊，就是畫家，也很難捉住那剎那間變化的複雜的色調呢！

西天的落照，已現到山背後去了。他們出了頤和園，素璞說：「我們趕進城去吧！」

純士低頭沉吟了一下說道：「素璞，郊外的月色，比城裡好看得多，何妨就在城外住一夜，讓我們欣賞大自然的美麗！」

純士無形中的一句話，但卻困惑了素璞的心，昨夜書房裡的幻想，立刻又湧上心頭，「不錯，」她高興地說：「郊外的月夜，一定很美，讓我們在月下好好地談談，也算是人生的樂事呢！不過我們住在哪裡去呢？」

「離這不遠我有一個兄弟，他租了一所房子，在那裡養靜，我們去攪他吧！」

他們踏著初上的月影，慢慢向樂家村去，不久已到了。那是一座小巧的茅屋，一共三間，純士的兄弟住在靠左那間房裡，外面是兩間打成一間的作為書房。純士走到門口叫道：「明士在家嗎？」

明士連忙從房裡跑了出來問道：「哪個？」素璞遠遠地打量明士的樣子，和純士雖然有些相像，但純士的眼睛，是鋒利如劍芒；明士呢，卻含蓄如一潭春水，溫和多變化。

明士走出門來，看見純士帶著一個女郎，便向純士微笑道：「這位就是素璞女士吧！」素璞走近前含笑地招呼了，他們便到書房裡坐下。

純士叫過明士悄悄地說道：「我們今夜要在你這裡住。」

「當然可以，」明士說：「只是床沒有，這樣吧，我們睡在書桌上，叫素璞女士睡在我的床上。」

「其實我們今夜誰都沒有睡的心情，你只管先睡，我們就在前面樹林裡談一夜，實在疲倦時，再來睡。」

明士聽了這話笑了笑道：「好嗎？我還作我的事去，你們幾時來都可以。」

素璞同純士挽著手，來到前面的一座柏樹林裡，月光從樹隙中透到地上，交柯的葉影，灑滿地上，加著深馨的夜氣，陣陣中人欲醉，使這一對熱情的男女忘了一切，深深地陶醉了。

素璞緊倚在純士的肩上，同純士穿著樹林，慢步地走著。忽然聽見樹梢頭婉囀的鳥語，一遞一和地低唱著，純士低聲說道：「素璞，你看這鳥兒多知趣！它知道我們快活，所以唱起歌來。」

素璞不響，只是仰起頭來，望著純士微笑。

純士低聲地叫道：「素璞，我愛你！」

素璞依然不響，不過把頭更挨近純士的胸前。純士伸出右手，緊緊地摟著她溫柔的腰肢，又輕輕道地：「素璞，你愛我嗎？」素璞仰起頭來，兩眼充滿了愛情，笑望著他，純士大膽地吻著她的額，素璞竟把眼睛閉上了。純士便把唇從她的額部，移到唇部，立刻一股電流穿過他倆的全身，他倆的靈魂，跟著花魂，一同飛舞。皎潔的月光，正從一枝樹椏中照在他倆的身上，這寂靜的森林中，霎時間洋溢著活潑的生氣。

月兒慢慢地西斜了，他倆無語地走向歸途，不久已到了明士的住所。純士低聲地向素璞道：「素璞！我感謝你的賜予！」

「純士！」素璞應道：「我也一樣地感謝你，在今夜的月下你給了我畢生不能忘的印象！」

第五章　苦戀

當晚他們回到明士家裡，胡亂睡了一歇，庭外的雄雞已喔喔地唱曉了。明士起身，照例到前面樹林裡去散步，等到他回來時，素璞也已收拾停當，純士還躺在籐椅上打鼾呢！

明士的房東唐老太，這時提著一壺開水進來說道：「先生好早啊，要吃什麼點心？叫阿三去買。」

明士連忙謝道：「難為你老人家！我這裡還有掛麵青菜，就煮了吃些也罷，回頭要買時，再通知阿三好了。」

唐老太應著去了。明士把鍋子裡倒了些水，放在火爐上。素璞看見，連忙走過來笑道：「讓我來吧！」明士對於烹調的事，本來是外行，因此也不推辭，把青菜，掛麵，香菇，蝦米一類的東西，都拿來放在素璞面前。素璞先把青菜洗淨，把作料放在一起燒熟，重新又拿出一個鍋子，把水燒開，放進掛麵去滾一滾，然後倒掉麵湯，加上青菜湯，燒好了，便盛起來，叫醒純士。大家吃飽了，純士便到學校去，素璞也雇了車子進城。

素璞到城裡已經十點了。她要趕到學校去上文學史的課，所以便不回家，走到學校時，已經打過上課鈴了。她悄悄地走進課堂，只是無數的目光，都向她身上投射。她連忙低下頭，找個位子坐下，心裡兀自怦怦地跳，她覺得這些人的神氣，似乎有點不對，難道她們在懷疑自己嗎？或者竟有人已探知她的祕密了嗎？她的臉不禁湧起紅潮來，簡直再不敢抬頭向她們看了，她怕她們的眼光，更證實了她的猜想。

那講壇上站著的先生，是個年近五十歲的瘦老頭兒，他低聲細氣在講文藝復興時代的文學，但是同學們有的在看小說，有的在寫情書，還有幾個怔怔地望著窗外垂柳出神，這情形同平日沒有分別，也沒有人再回頭來看自己，素璞這才慢慢放了心，想聽聽先生的講演，但是先生的聲音太細弱了，好像一隻蒼蠅在嚶嚶地叫，唉，太沒勁了，這還是當今第一流的名教授呢！素璞有些不相信地向那位先生，拋了一條鄙視的目光，而先生一無所覺，仍然嚶嚶地繼續著。

素璞把臉轉過來，也向窗子外凝眸，一片蔚藍的青天，微飄著兩片涼雲，冉冉地向西去，素璞的一顆心也跟著它飛到西郊，昨夜月下的一吻，到如今還餘留著的陶醉，使她的內心發出緊張的微嘆，她從屜子裡，拿出一個小本子在上面寫道：

人間怎麼會有這樣神祕的東西；那熱烈的唇，有玫瑰瓣的溫柔，也有潑辣的生命力。

純士——他是那樣精明，但同時又那樣深情，昨夜我無力拒絕他對我的表白，因為他是用聖潔的愛降伏了我。從今以後，我同他之間的樊籬，已經被熱情摧毀。

噹噹下課鈴響了，素璞的靈魂重新回到現實的人間，她看見那位瘦老頭子，駝著背邁出了課堂門，她也站起來伸了個懶腰。

「喂，老素，你昨天去看電影了嗎?」一個女同學名叫梅生的向素璞問。

「沒有。」素璞遲疑地應著。

「那麼你怎樣消遣呢？——喂，老素，昨天我本想約你到城外騎驟去的，後來因為家裡來了親戚，走不開。」

「哦，我昨天正悶著呢！假使你要來找我，那簡直好極了！」

「是呀，」她說：「我真討厭那個親戚，好好的又跑來作什麼？不然，我們昨天騎騾到西山去，晚上就住在那裡看月，夠多麼有趣！」梅生有些懊惱似地說。

素璞聽了她這些話，又由不得心裡發毛，禁不住偷眼看她的神氣，只見她若有意，若無意地微笑著，只得強壓住搏動的心說道：「看月就是公園也很好，何必一定要上西山去呢？你不用懊惱，今晚我陪你到公園去吧！」

「真的嗎？好姊姊，你真好。」她跑過來摟著素璞說。

素璞見她不再提到西山的話，這才放了心，陪著她一齊去吃過午飯，又上了兩堂課，已經三點半鐘了。素璞找著梅生告訴她說，要先回家一趟，等七點鐘來找她上公園，梅生答應了。她便忙忙回家來，一問楊媽嬸嬸還沒有從天津回來，叔叔也不在家，看朋友去了。

素璞走到自己屋裡，想給純士寫信，不知純士現在的心情怎樣？誰知純士這時候，也正坐在圖書館的一個角落裡，手中握住一管自來水筆，遙望著那明亮的電燈出神，——他正想到早晨和素璞分別後，匆匆跑到學校，剛剛趕上第一堂課，他照舊安然坐在自己的位子上，但是他的心無論如何收束不來，素璞的影子，總在眼前躍動。一股溫馨的情流，緊緊地拴住他的心，他深信自己已經陷入了情網；他也明白這是冒險，但是素璞已占據了他整個的靈宮，如果一天缺少了她，便要被空虛所危害，純士默然沉思著，到底無法自釋。

放下筆，嘆了一口氣，站起來，繞著藏書櫃慢慢地走著，像是在尋找什麼書似的。不久看書的人，來得多了，純士便又回到那角落裡，他覺得心頭梗塞，神情彷彿好像生了病。因此信也不寫了，抱起書來，懶懶地離開圖書館。走過那塊草坪，便到了一個小小的月洞門，月洞門的那邊，是學校園，純士信步走了進去，只見園裡的花木溪流，都溶在靜默的月光裡，他順著石子路，走到小池塘旁邊，撿了一塊平滑的石頭坐下，一低頭看見自己的影子，孤孤零零地從水裡映了出來，他黯然地吁了一口氣，自言自語道：「素璞！來吧！莫要辜負了良夜美景。」正在他情思纏綿的時候，忽聽見背後有輕輕的腳步聲。他嚇得連忙回頭看，原來是同學張霖，他附著純士的背說道：「純士，你獨自在這裡說什麼？」

「沒有說什麼。」純士忸忸地掩飾著。

「不要騙人，我聽見什麼良夜美景，大概是在作詩吧！」張霖微笑輕說。

「也不算什麼詩，不過看見如此美景，心裡快活，因而隨便哼兩句，不巧便被你偷聽了去。」純士故意板起面孔說。張霖聽了這話，不再言語，只望著那石山腳的潺潺水流發怔，純士抬頭看見他，滿臉揄悒的顏色，心裡覺得稀奇，因說道：「老張，何事這麼沉思？」

「嗄！」老張叫了一聲道：「純士！我近來沉在苦悶的海裡了，你看我近來的神氣，有點變化吧？純士，不瞞你說，戀愛根本就是苦惱！」

純士陡然站了起來，目不轉睛地看著張霖，囁嚅著道：「老哥！你莫非戀愛了嗎？我怎麼不知道呢？」

張霖冷笑了一聲道：「難道只許你們戀愛，我就不能戀愛嗎？」

「不是這麼說，因為你一向不曾對我說，我又怎麼會曉得？你到底愛了哪一個，告訴我吧！」

「這個人你也認得！」張霖淡然地說。

「哦，是了！前天我聽見別人告訴我，你給李美雯寫信，她把你的信公布出來了，莫非你所愛的就是她嗎？」

「誰說不是呢？」張霖悵然地說：「偏偏是冤家路窄！」

純士拉著張霖，同坐在河畔的石頭上道：「老哥，你這又算什麼，她不愛你，你再找別人，又何至苦惱！我以為兩個人彼此相愛，而環境偏不許他們相愛，這才真是苦呢！」

「對了，純士，我正想問你，你們已到了什麼程度！」

純士的手有些發顫，他低聲說道：「我們已經明白的表示相愛了。」

「那你們已互相得到慰藉，還有什麼苦惱？」

「老哥，」純士說：「你只知其一，不知其二。我們越相愛，我們越想不分離；換句話說就是思親近，但是在法律上，在道德上，我們都不應該親近呢！」

「你也是想不透，你們既然相愛，為什麼不叫素璞同她丈夫離婚呢？離了婚，道德上，法律上便都不成問題了。」

「不過我不敢開這個口，也不願因為我而拆散他們的家庭。」純士誠懇地說。

「那麼，你只有低頭受愛情的宰割了。」

「是的，我只有這樣做，我願意為聖潔的愛而犧牲個人的幸福。我僅希望培養一朵生命的花，長存於枯寂的人間，我自己倒不一定要享受它。」

張霖聽了這話，不禁點頭，發出讚美的嘆息！純士心裡也似乎充滿了光明，適才的陰霾，都化歸為烏有了。他心境頓覺得灑然了，站起身來，辭了張霖，仍舊到圖書館去看書。

卻說素璞提著筆，心頭絞著亂麻般的思想，她不知道她今後究竟應持何種態度，可是她不能抗拒那一股熱烈的情潮，像一股決了堤的猛流，向她全身衝激，最後理智的明燈，漸漸地黯淡下來，現在她只願深深地沉在情海裡。她含著甜美的微笑，在一張信箋上寫道：

敬愛的純士！

我的心充滿著快樂，在這個世界上，我認識了你——一個純真的青年，我是多麼驕傲呢！

雖然我同時是負著母親和妻子的責任的，不知道我哪一天才能打破這個鐐銬。——那夜你屢次地為了這一點嘆息，當時我雖默然無言，但是我的心正滴著血呢。呵，純士！在這種紛雜的社會裡，我們不幸要作過度的犧牲者，但是純士，請你諒解我；我雖然有著江南人的血統，柔韌的性情，而同時我也是一匹不受羈勒的天馬，我有熱情，我有夢想，我要作時代的先鋒，純士！這就是我的態度了。請相信我！在這個世界上……只有你能充實我內心的生活！

……

素璞寫完信，自己拿起來讀了一遍，似乎還不能盡意，那字裡行間，都露著矛盾的痕跡，她一手按住這信，一面悄悄地嘆了一口氣。正在這時候，楊媽又來叫她吃飯，她一看手錶，六點半已過了，連忙去吃了飯。回到房裡，把那信胡亂地揣在皮包裡，匆匆去找梅生。到她家門口時，早已看見梅生在那裡等她呢；她見了素璞急急地迎上前去，叫道：「唉，你怎麼這時候才來！我們就去吧，時候已經不早，你看月亮已出來了。」素璞應道：「好，快走，快走！」她倆跳上車子奔向中央公園去。到園子的門口，只見一盞煤氣燈點得亮如白晝，倒把月光奪了，因此梅生提議到水榭那邊去。她們折向右邊，過了一座石橋，果然這裡沒有電燈，那月兒的娟娟清光，籠罩著畫棟雕梁的水榭，還有那近旁的花畦和果樹，也都浴著如銀的月光；至於御河水呢，微波漣漪，銀鱗起伏，映著河畔垂柳的影子，另有一種幽靜的美麗。

素璞伴著梅生走到水榭前的假山下，找了一塊石頭坐了，一陣陣溫和的風，吹來一股濃郁的香氣，梅生不住聲地叫道：「好香，好香！」便站起身來東張西看，把素璞一個人丟在那裡，繞著假山走了一陣，回來時，只見素璞兩眉緊蹙，望著月兒，只管嘆氣。梅生以為素璞心裡在想遠別的賀士和她的女兒呢，因拊著她的肩叫道：「素璞，我原是叫你出來散心，你倒像要哭的樣子，唉，你們這些結了婚的人，心眼就特別窄，我知道你又在那裡想賀士了。」

「瞎說，誰又想他呢？」素璞說了這話，自己又覺得不應當，心裡又急又痛，臉上禁不住一紅，眼淚便撲簌簌流了下來。梅生便拖她起來，說道：「走吧，走吧，我們到那邊看看花去，別在這裡只管傷心，這都是我的不是了，好好要你看什麼月，唉……」

素璞看了梅生憨頭憨腦地發著牢騷，由不得噗嗤地笑了。「你真是個孩子！」素璞說著便同她向上林春色那邊走。這時園裡遊人很多，都坐在長美軒一帶喫茶，她們兜了兩個圈子便回去了。

兩個星期過去了，素璞同純士的感情，也一天一天地熱烈起來，每星期六星期日，他們總是廝守著，他們很快樂地消遣他們的假期。

這最近的星期日，他們早晨在先農壇裡，聽松濤的悲歌，將近黃昏時一同回到一家酒館裡吃飯。吃過飯，純士要回西郊的學校去，素璞同他坐著車，走到西直門時才分手。素璞在車上，低聲地問純士說：「純士，下禮拜早點來，只是我們是永遠喝著愛情的苦酒！」

「苦酒，不錯，」純士說：「唯其是苦酒才越有力量呢！」

漸漸這一對年輕的戀人，被一層灰塵所隔絕了，純士的車子已去得遠了，素璞才折回城裡來。在路上，素璞望著天河邊的牽牛織女星，輕輕地說道：「讓我們深切地體驗著苦戀的滋味吧！」

第五章　苦戀

第六章　謠言

純士與素璞過著苦戀的生活，每天忙煞了郵差，幸喜時光知趣，如飛地已跑到暑假了。純士畢業考試結束後，就開始籌備到美國去求學位；素璞本來要回江南的，但為了純士就要出國的緣故，所以決定不回去了。

那一天純士行過畢業典禮後，他在房裡，把書架上的書籍，一本本搬了放在兩個大藤箱裡，跟著又去收拾書桌，那上面擺著一張素璞四寸的小照，背景異常清幽，遼闊的雲天，叢密的竹林，一灣流泉，素璞坐在泉旁聽叢篁的高歌，意態閒逸。純士對照片呆望半晌，臉上映著喜悅的光輝，一面哼著「夢裡情人」的曲子，一面把照片拿起，放在唇邊輕輕地吻了一下，含笑唱道：「沒有人在監視我們，吾愛！」於是敏捷地把照片投在那個小提箱裡，輕輕掩上箱蓋，往椅子上一坐，喘了一口氣，點清了行李的件數；然後他跑到外面喊工人，雇了一部汽車，把東西搬出去，安置好了，他跳上車去，坐在司機的旁邊，得意地說道：「開進城去！」

「城裡什麼地方？」車伕說。

「西觀音寺！」純士說得非常爽脆，這使得那世故頗深的車伕，不禁含笑道地：「學堂放暑假了呀？先生！」

「對了。」純士高興地說。

那車伕便開足馬力，風馳電掣般地前去。經過西郊那條不平的馬路時，純士看見路旁的田地，正湧著一疊疊的麥浪，好像碧海上的輕波，麥穗沉沉下垂，一個年老的農夫，一手扶著鋤犁，一手摸著那半白的鬍鬚，微微含笑，純士由不得生了豔羨之情，同時心裡想著，假使我能同素樸，到一個無人認識的鄉村去，過幽閒的田園生活，廝守一輩子，那真是太理想，太自由的生活了。他正神思飛越的時候，車子忽然停了，抬頭一看，原來已到西直門了。那城樓旁邊站著幾個荷槍的兵士，要查看進城人們所帶的東西。純士連忙把一張學校的電影遞給一個兵士道：「老總，這箱子裡都是書，不看了吧！」那幾個兵聽了這話，接過電影看了又看，又把純士上下打量一番，沉吟一下說道：「去吧！」

純士重新跳上車子，汽車伕撥動機關，轉眼間已進了城，又轉了兩個彎，便到觀音寺。純士在家門口下了車，開發了車錢，敲開門，叫人提進書箱行李去。

純士便連跑帶跳地到了上房，見母親正坐在一張大桌子旁作針線呢，純士叫道：「媽媽！我回來了！」母親連忙放下針線，脫下那副老花眼的鏡子來，含笑說道：「學校放假了嗎？」

「是的，放假了，媽媽！」純士一面搖著芭蕉扇，一面答應。

這位精明而慈祥的老太太，連忙吩咐用人打洗臉水，她又自己跑到廚房裡去弄小菜。純士看見母親滿臉慈愛的樣子，心裡說不出的快樂和感激，連忙打開藤箱，把他的畢業文憑捧著，跑到廚房告道：「媽媽！你看我的文憑！」老太太聽見，連忙走了出來，覷著眼望那張花花綠綠的畢業文憑。並且說道：「這上面都寫些什麼，怪好看的，我想配個玻璃框子掛起來倒不錯。」

「呀，媽媽！」純士叫道「這個收起來吧，這個文憑有什麼掛頭，等到我得了美國的博士文憑再掛吧！」

老太太聽了這話笑了笑：「也好！」說完她仍回到廚房去，純士把文憑依然放在箱子裡。

不久母親把菜燒好，純士陪著吃了飯，便託故去看朋友，悄悄到素璞那裡去。走進書房，只見素璞正低著頭寫信呢，楊媽叫了一聲：「少奶奶！純少爺來了。」

素璞抬頭一看，果見純士含笑地站在門口，她連忙把信塞到屜子裡，笑道：「請進來坐吧，你怎麼今天就進城了？」

「怎麼？你不歡迎嗎？」

「討厭！」素璞嬌嗔般把頭一扭說：「你昨天的信再沒有提起今天進城的話，當然我要問問你了！」

「是的，是的，」純士用告饒般的口吻說：「隨便開開玩笑，小姐千萬別生氣，……我昨天原想寫信告訴你的，後來我想還是來個出其不意，你不是更歡喜嗎？」

素璞這時一言不發，只是望著純士，含情微笑，使得純士不知所措了。正在這時候，楊媽端茶進來，素璞連忙正色說道：「楊媽！你去打個電話，叫『賓來香』送一桶冰淇淋來吧！」楊媽答應著去了。

純士看看楊媽已去遠了，便挨近素璞身邊坐下，柔聲問道：「你是不是給我寫信，剛才？」

素璞點點頭。

「那麼拿出來給我看吧！」

「不，沒有寫好，有什麼可看呢？」

「那麼你告訴我你要寫什麼吧！」

「那怎麼能告訴你呢。」

「為什麼不能？」

「你這人真好笑，有許多話只能在信上寫，哪可以當面鼓，對面鑼地說呢？」

素璞說時，向純士回睜一笑，純士就勢勾過她的頸子，接了一個深深的吻，並低聲叫道：「My Darling！」

素璞只是含笑不答，純士因又說道：「你叫我一聲吧！」

「叫你什麼？」

「隨你的便。」

「純士先生！」

「不是這樣叫，你在信上怎麼叫我的？」

素璞這時羞得滿臉飛紅地說：「你專門會使促狹，我偏不那樣叫你！」

「好了，好了，你不叫就罷，並且我知道你不叫我，比叫我好多著呢！」

「你既是早已明白，何苦又逼人呢？」素璞嬌媚地說。

這時楊媽提著一桶冰淇淋進來了。純士和素璞吃過，天色已近黃昏了，純士要求素璞陪他到北海去划船。

走到北海時，只見一縷如血的殘陽，映在碧波漣漪的河水上，閃出五色燦爛的光芒。他們走到船塢，租定了一隻小划子，素璞和純士跳了上去，各人用一把蘭槳，分開碧玉般的河水，悠然前進；那時河裡正長滿了荷葉，那菡萏正如五月仙桃，點綴於萬頃綠玉中，真是彩色分明。他倆穿過荷田，迎面馳來兩隻淡綠色的小划子，上面坐著兩對青年男女，他們的臉上是洋溢著幸福的色調，他們的眼睛都射出愛情的光輝。那兩隻船聯翩東去，只聽得船身摩擦荷葉，發出沙沙的聲音，素璞微微地嘆息了一聲，低著頭怔看著河裡的水出神。

「喂！」純士低聲地叫道：「素璞！你又在想什麼了？」

素璞被純士問了這一句，臉上的神色更黯淡了，最後她的兩頰閃爍著晶瑩的淚光。

「素璞！你有什麼心事，告訴我好不？」純士很柔和地說，同時把船撐到荷葉叢中，握住素璞的手，輕輕吻了一吻道：「我們現在很幸福，風景這樣美麗；我倆的感情又好，就是剛才那兩對情侶，也不見得比我們快樂呀！」

素璞用力握著純士的手道：「純士！你不要把我當小孩子騙，你難道不知道我們的境遇嗎？還妄想比人家快樂，恐怕這一輩子，也只能作這麼一段美麗的夢罷了；再過幾時你走你的路，我呢，當然也只能走我的路了。這一些美麗的幻夢，僅僅是使人傷心的材料，還有什麼可說呢？」

純士被素璞澆了這麼一瓢冷水，心裡再也鼓不起勁來，那頭也不禁慢慢垂了下來。

今天沒有月光，也沒有星光，天幕深垂時，只有借幾盞電燈的光，認明河裡的方向，況且他們又正躲在荷葉叢中，光線更覺黑暗。他倆悄悄地垂著淚，不知經過多少時候，只見河上遊人漸稀，純士才懶懶地把船划到五龍亭去。上了岸把船交還了，便去吃些點心，離開北海時，已經十點鐘了。

素璞回到家裡，只見桌上放著一張紙條子，是梅生留下的，那上面寫道：

今天來訪，有一些要緊的消息報告你，不遇，甚悵，明早九點左右當再來，請稍候我為感，此上素璞姐梅生留字。

素璞看過這條子，心裡由不得緊張起來，不知梅生來報告什麼消息，莫非有關係於純士嗎？……她想到這裡，心中更焦愁起來，恨不得立刻去找梅生問個明白，但時候實在不早，無可奈何，只得勉強脫衣睡下。她到了床上更是翻來覆去，睡不著，看看已打過三點了，她才朦朧睡去。在夢中，她看見賀士回來了，見了她便恕狠狠地罵道：「不要臉的東西，虧你還受過高等教育呢，竟瞞著我愛上別人了。」她這時又羞又愧，但是她忽然想起一句話來，便冷然說道：「你為什麼在外國愛上米利安小姐了呢，並且你說你離開她，比離開我還要難受，許你這樣無情，就不許我無義嗎？」只見賀士聽了這話，冷笑道：「你不要犟嘴吧，我不曾認得米利安小姐的時候，你早已有了情人了，你不要以為我在外國不知道，其實早有人報告我了。」她被賀士說出心病，急得無法可施，正在為難的時候，只見賀士從腰裡掏出一把手槍，對著素璞就放，素璞驚得大叫「救命」，忽然醒了，睜開眼定了半天神，方知原來是一個夢！抬頭向窗外看看，天色已大亮了，便不再睡，爬起來洗了臉，一看鐘才六點三刻，知道梅生一時還不得來，只好拿一本小說，勉強捺住跳動的心，看下去。

好容易盼到九點鐘，梅生才來了。她見了梅生等不得請她坐下，便急急地問道：「什麼消息？」

梅生聽了這話，先怔怔地望瞭望素璞的臉，才慢慢道地：「當然，素璞！這些話，我是不能相信的，不過她們都這麼議論著，也不大好呢，所以我來告訴你，叫你要小心點，這個年頭爛嚼舌根的人多，說好話的人少！」

梅生只這樣繞圈子說，更使素璞的心不安，這顆心幾乎要從嘴裡跳出來了，她的喉發硬，急促地說道：「到底是什麼事呵？」

「昨天我在學校裡，看見幾個人，集在一堆，像是在議論什麼事似的，我不免覺得奇怪，便也擠上去聽，她們見了我就說道：『你聽見素璞的新聞嗎？』」

「『什麼新聞，我倒不知道。』」

「『你不知道，真有點怪，現在差不多全學校的人都知道了，而你平常同素璞很好，倒反不知道？』」

「我聽她們有疑猜我的意思，因連忙正色道：『我真的不知道。』」

「她們才又含著鄙夷的神氣說道：『素璞！她現在和一個某學校的學生姘起來了，聽說他們在外面開旅館……哼，虧她還受過高等教育，竟做出這樣傷風敗俗的事情來！』」

「『呀！』我不禁驚奇地叫起來道：『這話當真嗎？』」

「『怎麼不真，我們中間有人親眼看見他倆在公園裡呢！』」

「『在公園裡，就和開旅館大不同了，現在男女社交公開，男女朋友玩玩公園，也很平常！』我這樣說。

「她們聽我這樣說，覺得我是袒護你，因此不肯再多說下去，只冷笑著走開了，當時我心裡非常為你不平，我相信你這個人絕不會做這種事的，即使要同人戀愛，也應當把賀士那方面手續弄清楚，這種偷偷摸摸的勾當，豈是你我這種人作得出的？」

梅生說這一段話，只見素璞的臉色，由紅而慘白，最後她竟伏在梅生的肩上嗚咽起來。梅生一面握住她的手，一面勸道：「你這人就這樣想不開，她們那些當然是瞎說的，你只當做狗叫罷了，也何必傷心！不過我倒有一句誠懇的話要勸你，以後在男女交際上放小心點，不然她們這些人，專門會捕風捉影地造謠言，如果傳到賀士的耳朵裡，對於你們的生活，恐不免要發生障礙了。」

素璞聽了這話，更哭得傷心，她想自己現在的行為，本來也有些說不過去，雖不是像她們說得那樣糟，——不過她一面欺瞞著賀士，去愛純士，就是沒有實際上的關係，而在道德上她已經是背叛了賀士；再說純士又是一個初戀的青年男子，我用了這種殘缺的愛，換了他整個的心，我更是他的罪人了。唉，多糾紛的人生問題呵！素璞越想越不得主意，除了掉眼淚，更沒有好方法來可以發洩心頭的困惱了。

梅生又坐了些時，便辭別素璞走了。這時已到吃中飯的時候，素璞懶懶地睡在床上，楊媽見了以為她生病，便去告訴了她嬸嬸。嬸嬸過來看了，便說：「你若覺得真不好，就請醫生看看吧！」

「沒有什麼要緊！」素璞說：「只有些頭疼，我想睡睡就好了。」

嬸嬸點頭去了。素璞獨自睡在床上，想到適才梅生所告訴她的謠言，心裡又一陣一陣緊上來，在床上她整整思索了一個下午，她不知道自己應當怎樣措置，她自己也知道最好呢是立即回到家鄉去，純士不久就出國了，他們這一段情誼就此告個結束，這樣大家都得安靜。她一面想，一面走到書桌前，預備寫封信告別給純士。她從屜子裡拿出紙來，才提起筆時，她的眼淚竟不由自主地滾落下來，她一面幽泣，一面覺得自己這樣做，只是表現江南女兒的懦弱無用；她現在心裡既不愛賀士，為什麼要敷衍下去呢？青春是不長久的，人生是有限的，在活著的時候不能捉住生活的核心，不能毅然決然切實地生活，人生還有什麼意義呢？

素璞想到這裡，眉宇間有一種異樣的光輝，她是勝利了，她是戰勝了謠言的勢力，好預備鏟破一切人的成見，她要打毀一切不合真理的樊籬。於是在這一天被謠言困惱的心，又慚慚恢復了安靜。她依然沉醉在純士愛的熱流裡了。

第七章　去國外

純士那夜從北海公園出來，招呼著素璞雇了車，他獨自背著手，慢慢地踱過這金鰲玉堺的石橋。那時天上的烏雲已經散盡，下弦的殘月也冉冉邁上東山，繁星點點從雲層裡探出頭來，天容越來越澄明，正像那靜默的湖面，萬里蔚藍，煞是可愛；但是純士這時心頭糾纏著悲愁，他如失了知覺般的，在那條寬闊而寂寞的馬路上，踽踽涼涼地走著；幾輛黃包車，向他兜攬，他只搖搖頭，仍然繼續著前進；在他邁著那沉重的腳步時，他是在思量素璞——兩個月後，他就要去國外，這本是乘風破浪的壯舉，也是家裡的人，和他自己盼望的一件事，現在就要實現了，這還不是一生最揚眉的一件事嗎？但是奇怪，今夜他只要想到這個問題，便心頭一陣陣緊張起來，他走到一株正盛開著花的槐樹下，被那一股濃烈的香氣所襲擊，不知不覺放慢了腳步。他繞著樹身，兜了一會圈子，心裡只是淒淒梗梗的，忽然頭頂上一陣溫風拂過，那槐樹的密葉，便喳喳沙沙地響起來，好像一個愁人的嘆息。純士也不知不覺，對著青天，長嘆了一口氣，低聲吟道：「多情自古傷離別！」

純士細細咀嚼這句詞兒的意味，更覺不勝淒楚的情流，穿過他的全身；他似乎要決定放棄出洋的權利，但能同素璞一天不離，便是一天得到了幸福，可是這種的計劃，不但要被父母所反對，恐怕同學們，朋友們，甚而至於全社會的人，都要不諒解吧！純士一面前進，不料一抬頭已看見自己的家門口到了。他無精打采叫開門，走到院子裡，雖然是夏夜的月影，他都感到萬般的寂寥和冷落。看看各房裡的電燈都已熄了，院子裡除了那株龐大的棗樹，兀自迎著月光，輕輕搖擺外，便什麼都是死靜的了。純士推開自己的房門，懶懶地和衣向床上一倒，更覺愁緒縈心，回憶到今夜北海舟中，素璞的含淚的眼，慘淡的面容，更堅決了他拋棄出國的權利，昏迷中他進了神祕的夢鄉。

純士醒來時，太陽的輪子，又已轉動了，那豔麗的光芒籠罩著全宇宙，但不能消除他心裡的陰翳，他還是想去找素璞，大家再從長計議吧。於是他忙忙吃了早飯，拿了帽子，才要出去，只見黎雲從門外進來，看到純士便搶上前問道：「喂，你要出去嗎？」

「是的，姑姑這麼早來，有什麼要緊事？」純士問她。

「也沒什麼了不得的事，不過今天要請你代我出一趟城，有一封要緊的信給你們校長的。」

純士聽了這話，低頭沉吟了半晌，才勉強應道：「好吧，信在哪裡？我就去好了！」

黎雲果然從皮包裡拿出一封信來，遞在純士的手裡，並且囑咐道：「你無論如何要當面交給他。」

「我知道，」純士說：「但是要回信不呢？」

「只要有收條就行了。」黎雲說。

「好吧！」純士拿著信，陪黎雲到母親房裡，向母親說道：「媽媽，我今天要出城一趟，替黎雲姑姑送封信，恐怕要下午四五點鐘才能回來，不要等我吃午飯了，就是晚飯也許不回來吃！」

母親聽了，便點頭道：「好，去吧，只是能早還是早些回來，城外僻靜，看太晚了，恐怕有危險。」純士應諾著出去了。這裡黎雲陪著他母親談了一會兒閒話，忽然想起什麼，只注視地板出神，彷彿有什麼疑難的問題似的。純士的母親覺得奇怪，因笑問道：「你怎麼了？黎妹，就像有什麼心事似的。」

「嫂嫂！」黎雲叫了一聲道：「你聽見純士和素璞近來怎麼樣嗎？」

「我沒有聽見呀！」她詫異地說：「純士由學校回來，才兩三天，不斷地出去看朋友，夜深方得回來，就不曾聽見他提過素璞的話。」

「真是的，嫂嫂，」黎雲微微一笑道，「你老人家真好笑，這些事他們就肯告訴你了？」

「喲，黎妹！」她一面說一面挨近黎雲身旁問道：「你聽見他們究竟幹了些什麼事嗎？……這可是想不到的事，素璞她是有丈夫有孩子的人，不應當有什麼花樣呀！」

「不過天下的事情，應當不應當也說不到許多，你以為不應當有的事，他偏偏就有，那也說不定，不過你也不要焦急，我也是聽見別人說的，並不曾親眼看見什麼！」

「莫非他倆究竟有什麼私情嗎？你快些告訴我，究竟是怎麼一回事吧！」純士的母親滿面焦愁地望著黎雲說。

「說起來，都是我太不小心，介紹他們認識，不過我也再想不到會發生這種意外，……昨天我聽見一個朋友說，純士最近一個多月以來，每禮拜託故進城兩三次，和素璞在外面開旅館，這些話傳出來不但不好聽，而且素璞是有丈夫的，恐怕弄得不好，還要被人控告，那才是糟呢，所以我今天特來關照你一聲，不管是真是假，最好你警誡純士以後少和她親近吧！」

「這真是天外飛來的奇事，黎妹，你是曉得，純士在我跟前長到二十三歲，他從來不曾做過一件荒唐的事，現在竟為了這樣一個女人，壞了名譽！」純士的母親一面說一面嘆氣。

「其實呢！」黎雲說：「在這個時代，男女戀愛本來是應有自由權的，這原算不得一件什麼大事，所討厭的就是她已有了丈夫……」

「就是這話了，社會上的人誰聽見了能不好笑！一個年輕沒有結過婚的男人，什麼地方找不到一個女人，偏偏地去搶別人的老婆，這些娃娃們，現在不知道，都是鬧些什麼名堂！」老太太不勝慨嘆地說著。

黎雲沉默著，似乎在想解決這糾紛的辦法，但是這又有什麼辦法，除了叫純士提前到外國去！她想這是唯一的出路，便說道：「你叫純士一兩個禮拜以內離開這裡，這樣他們隔絕了，也許就淡了，不就好了嗎？」

「對了，」她極端贊成地說：「今晚我就和純士說。」

黎雲看看時候已經不早，便告辭回去了。

純士這夜十二點鐘才回家，老太太一直在等著他，見他匆匆地走進房，便滿面秋霜問道：「純士，你怎麼這樣夜深回來，是不是又同素璞到什麼地方去了？」

純士聽了母親的責問，又看了看母親的辭色，禁不住暗暗心驚，想她怎麼問出這種話來，因連忙解釋道：「不，不是去看素璞，因為今夜有幾個同學替我餞行，吃過晚飯，已經十點多了；又到中央公園散了一會兒步，所以回來晚了。」

「唉！」老太太嘆了一口氣說道：「你也這麼大了，本來應當成家，只是前次大舅來，替你作媒，我還把人家挖苦了一頓，同時呢，我想著你就要出洋，爽性等你回國再說，免得分了你讀書的心，哪曉得你竟同素璞玩起這些把戲來，你想你值得嗎？叫人家提起你來，牙都要笑掉了，而且素璞好好的家庭，也被你破壞了，這些事情都是你做的，我真想不到你竟糊塗到這種地步？純士，我給你說，從今天起你要同她斷絕關係，不然的話我就不要這樣的兒子了！」

純士受了這番教訓，不敢回答，但是覺得母親辭意之中，是在懷疑他同素璞有苟且的行為，這對於自己倒沒有什麼大關係，但怎麼對得起素璞呢，因此不免含淚跪在母親的面前說道：「媽媽！請你先別著急生氣！我同素璞雖然彼此都有感情，但我們絕不敢有什麼不名譽舉動，請媽媽相信我！」

「唉，你不說名譽還罷了，提到名譽我不禁要為你寒心，這些日子，滿北京城認識你們的人，誰不拿這件事情作說笑的材料呢？現在我看你還是立刻到美國去吧！」

純士聽見母親這些話，只有低頭承受。直等母親睡了，他才慢慢踱回房去，坐在椅上，覺得這個局面，只好同素璞悄悄到外國去了，而且今午同素璞談話的結果，也是想極力設法一筆錢，作為出國的川資，到了外國以後呢，他自己的一份官費，勉強也夠兩個人生活的。純士糾紛的心事，這時算有了相當的解決。便安穩地睡了。

次日純士一起來，便僱車到先農壇去。才到門口，遠遠已見素璞也坐著車子來了，他倆買好門票進去。早晨新鮮的空氣，挾著一些青草香，吹拂著這一對情人，他倆心頭充滿了絕大的歡喜。穿過一帶松林，找到一塊石頭坐下，素璞望著純士微微地笑著：

「以後我們到了美國，也許天天都可以過這種美滿的生活了。」

「對了，……你昨天所說的款子有辦法嗎？」

「現款只弄到兩百塊，其餘加上我的首飾，我想五六百塊錢總有的。」

「五六百雖然勉強坐三等也夠了，不過我們都是頭等票，你當然不便坐三等；並且還有一層，美國人勢利極了，如果你坐的是頭等船，也就不大檢查讓你上岸，如果是坐了三等呢，他們的留難就多了，我想至少還得設法五六百塊錢。」純士說，「這可有點難了。」素璞含愁地說。

「不要緊，這一筆款子讓我來設法吧！」純士奮勇地說。他倆又在園子裡兜了兩個圈子，純士說道：「素璞，我們既然這樣決定，你就趕緊預備衣服一類的東西，我呢，趕緊去弄錢，最好在下星期二就走！」

「何必那麼急呢？」素璞說。

「早走了好！」純士含糊地說。

「也好，並且我到上海後，還要回去看看母親同那個孩子。」

「那麼這就分手，各自去進行吧！」純士說。素璞點頭答應著，他倆已來到門口，各自叫好車子去了。

素璞回到家裡，把所有的衣箱，都檢點了一遍。她正在收拾的時候，嬸母走進來了問道：「你收拾箱子嗎？」

「是的，我打算回南去看媽媽和孩子！」

「你怎麼又想回去呢，本來不是說今年不回去了嗎？」

「是的，不過昨天接到媽媽的信，說是近來身體不大好，所以我不放心，想回去看看。」

「那麼你什麼時候再來？」

「總差不多開學前後吧！」

她嬸嬸坐了坐就回自己房裡去了。素璞心裡忽然覺得有些難過，好像自己現在是在演戲，無論什麼時候都帶著假面具，不但對於嬸嬸不能說真話，就是將來見了媽媽同孩子，同樣地要捏造一些事實來搪塞，這種不忠實的人生，使她羞慚，有時被良心壓迫得幾乎發了狂，但是愛情更比什麼都有力量，只要想到愛情，一切的隱憂都消盡了。素璞發了一回怔，仍舊回覆了她安定的心情，而且夢想著去後的美滿而且神祕的生活。

日子又過去一個禮拜了，距純士他倆去國外只有兩天，純士已經設法弄了五百塊錢來，所以他倆整天只忙著辦去國外的手續。在第三天的上午，他倆含著欣喜的情緒，上了火車。在車身蠕蠕地離開前門的城堆時，純士吁了一口氣道：「這一下可好了。」素璞也不禁跟著甜然一笑。

到上海後，純士和素璞住在一家旅館裡。這是使純士又快樂又慚愧的一件事，有時覺得自己太幸福了，居然能戰勝一切的困難，把愛人摟在懷裡；但是在這個甜美的心境中，時時發現一種可怕的暗影，這暗影像是一塊重鉛，有時壓得他出不過氣來，好像這裡瀰漫了危險，也許有一天一切都被它所毀滅！純士這時的心情正在這種的困惱中，他兩手捧住頭坐在沙發上。素璞從外面進來，看見他苦惱的臉色，連忙跑過來，向他溫柔地撫慰著，並問道：「你是不是有什麼不舒服嗎？」

「不，不要緊，我只有點頭疼心煩！」純士勉強地笑著說。

素璞用手摸了摸純士的額角，不像是有病。她又凝視了他一晌。一股煩愁塞上她的靈宮，她嘆了一口氣，向沙發上一倒，她似乎聽見有一種冷殘的聲音，在嘲笑她，在責備她：「你是一個妻子，一個母親，你為什麼同這個青年逃亡……」她的心如受了刀刺，陡覺心頭淒緊，眼前一黑，她便昏迷過去了。純士被她這一嚇，倒把一切的思慮都打斷了，連忙抱著她呼喚。好久好久，素璞才醒了過來，睜開眼看見純士，她低聲地說道：「我對不起你們！」就這一句話，又觸動她自己的心事，那眼淚便撲簌簌滴了下來。純士只默默無言地望著她，好久才想出一句安慰的話道：「璞！你為什麼傷心，難道我們的愛情，不比一切的東西可貴嗎？你總是心裡想不開，這個世界只要我們倆真心相愛，便被一切所拋棄，不是也值得嗎？」

素璞含淚點頭道：「純，你的話不錯，我只要想到你對我的純真的愛，我的心就安然了。你放心！我不過樂極生悲罷了，不要發痴吧，好好睡一夜明天就要回去呢！」

素璞回到家裡，和母親、孩子住了一個星期。她捏造了一些事實，母親和孩子安頓了便又匆匆回到上海來。這時純士已把一切都預備停當，他倆在上海又住了兩天，便乘船到美國去了。

第八章　衝突

一個多月的海上生活，終於在一天早晨結束了。那是一個美麗的初秋天氣，素璞同純士跟著那一批留學生，到中國公使館登記後，他倆在一帶滿是樹林的街道上，慢慢地散著步。於是純士向素璞說道：「我想過兩天，我們到鄉下去找房子住，這裡的旅館太貴，而且也太繁囂，不適宜於讀書，如果我們能找到一家好房東，即使住一間房子也可以了，你說是不是，素璞！」

「嗯。」素璞心不在焉地應了一聲，便低著頭，暗暗沉思，……「住一間房子，這事不太妥當，因為我們還不曾正式結婚，但是住兩間呢，又怕純士的官費不夠開銷……」這一個小小的問題，這時候卻深深地困惱了素璞。

純士見她無精打采地不開口，以為她是過於疲倦了，因說道：「我們回旅館去休息吧！」素璞點點頭跟著純士，走回旅館來。素璞倚在一張圈椅上，兩眼盯著那壁上所掛的耶穌牧羊的一張油畫，純士輕輕走到她背後，兩手溫柔地放在她的肩上說道：「璞！什麼事情使你這樣憂思呢？我們已是一雙自由的鳥兒，這新世界真真海闊天空，任我們飛翔，你還顧忌什麼嗎？」

「唉，純士！你只知道身體的自由，而不曾顧慮到靈魂的不自由！」

「靈魂的不自由嗎？」純士詫異地說：「你的靈魂有什麼不自由？」

「當然，在賀士的面前，在我女兒的面前，甚至在我母親的面前，我都不免是個待罪的囚犯呢！」素璞悵然地說。

「唉，我覺得你這個人，這種地方整個地表現你無勇決、無開闊的思想，當初你既決心到外國來讀書，所以甘冒種種不韙，現在就應當堅持下去，不問你將來要怎樣呢，目前的一件事，除了用心讀書，何必還想東想西呢！」

素璞被純士的一番話，說得也無言可答，只得勉強一笑道：「我也沒想什麼，倒拈了你那麼些話？」純士摟住她的腰道：「Darling，我們出去吃飯吧！」

在次日清晨，素璞和純士雇了一部汽車到鄉下去看房子。車子從人煙稠密的旅館門口向南馳行，不久出了鬧市，漸漸看見整齊的麥田，和葡萄園，金晃晃的太陽映著那紫黑色的葡萄發光，前面矮矮的豆籬上，已滿結了長條的豆莢，菜花黃澄澄的，正和早晨的陽光爭富麗。車子慢慢地沿著馬路走，不久停在一家小洋房的門口，那門上有一塊白木牌，上面寫著「To Let（招租）」字樣。純士叫車伕在路旁停了車，走到那洋房的門口，揿了一下電鈴，裡面出來了一位年近五十歲的肥太太，她的面孔像一隻南瓜，又圓又紅，但是那雙碧澄澄的藍眼，卻閃著誠摯溫和的光彩。純士上前告訴她要租房子的意思，她笑了笑道：「好極了，先生，我這房子陽光足，空氣也好，從前也有一個中國學生在這裡住過，他是一個非常可愛的青年，……你可以請進來看一看嗎？」那胖太太一面說一面又望著素璞道：「那是你的女朋友嗎？也請進來吧！」純士與素璞跟著那位胖老太太走進那所洋房。樓下是一間布置清潔的會客廳，那老太太指著房廳裡的鋼琴道：「那是為了我女兒買的，她在音樂專門學校，彈得非常好的鋼琴。」

純士微笑答道：「我真替你驕傲，太太，你有這樣的好女兒！」胖老太太聽了這話，一雙眼笑得沒了縫。

出了客廳，便是扶梯，他們上了樓，便看見那間出租的客房了，的確布置得非常藝術化，陽光空氣都很好，但僅僅只一間，租金十五元。

純士問素璞道：「璞，你覺得怎麼樣？」

「好倒是很好，可惜只有一間，最好比這間再小些。我們租兩間才好。」

「你的意思，我們還是分開住？」

「當然要分開的，不然叫人知道，我們究竟是什麼關係呢？」

「也好，那我就照你的意思告訴她！」純士因向那胖太太說：「這房子一切都能使我們滿意，不過可惜，只有一間，我跟我的女朋友不夠分配。」

「哦，這位果然是先生的女朋友，那自然最少也需得兩間房子……」她說著停了道：「若果我的鄰居家有一間房子，你的女朋友可以住到那裡去嗎？」

素璞聽了這話，連忙插言道：「太太，這就更好了，不知你能替我們介紹不？」

「哦，那當然可以，請你們先坐一坐，我去看看再來回話。」胖老太太把牆上的電鈴撳了一下，一個十七八歲的小姑娘走來了，她替純士、素璞介紹道：「這是我第二個女兒，她在紐約女子中學讀書，現在還在暑假期中，她可以陪你們坐坐。」胖太太把身上的衣服理了理，披上大衣，便向門外去了。

那位小姑娘，長得很伶俐，純士和她談了幾句鄉村的天氣呀，交通呀一類的話。她非常活潑地對答著，後來又說到彈鋼琴的話，她說，她不很喜歡鋼琴，而對於提琴卻特別有興趣。

正在這時候，胖太太回來了，她滿面含笑道地：「好，我已經替你們問過，那裡房間比我家裡小些，所以只要十二元就可以了，你們去看好吧。」

素璞和純士連忙答應道：「好。」便一同到鄰家去。那房子離那裡，只有二百步左右的遠近，至於房子的構造也和這裡差不多，房東是個乾瘦的中年婦人，身材很高，兩隻灰藍色的眼睛，露出一種清利的光芒，一望而知是個精明的人。她領著他們看了房子，彼此都覺得合適，純士便付了定錢，預備後日搬進來住。

他倆又坐著原車子進城了。

他們自從搬到鄉下住後，一切都很方便，就是吃，有點問題，因為房東不大願意包飯，所以他倆只得自己弄飯，天天到吃飯的時候，素璞就燒好，等著純士來了一同吃，幸喜他們所用的是煤氣爐子，所以還沒有什麼十分麻煩。

一個星期過了，純士已正式進了大學；素璞呢，因為英文程度太差，所以暫時不能進學校，每日由純士替她補習。在這種表面安適的生活中，素璞整個的心卻被煎熬著，她對於人生雖沒有堅強的什麼信念，但她卻有一種熱烈的夢想，這次她能毅然決然跟著純士出國，也正是她那種夢想的作用，她不滿意現在的環境，因而她不得不創造另一個環境，現在這個夢想已漸漸實現了，她每日伴著她的愛人，在這自由之邦的空氣中生活著；她自己覺得驕傲，時時從她的臉上漾起勝利的微笑。

這一天素璞送純士上了進城的電車後，她獨自沿著麥田的石子路走回家去。天上浮著幾朵濃雲，時而像一個伏虎，向人群怒目張爪；時而像一條金龍，飛騰而前，「多奇異的雲呵！」素璞一面仰頭看，一面不禁自言自語地說。不覺來到那一泓秋水的池塘畔，她坐在每日和純士並坐讀書的白石上，悄悄地望著那澄碧的水出神，她的靈宮深鎖的門，不期被一陣秋風衝開，「呵！這簡直是夢境！」她心裡想：「我怎麼能從那囚牢般的家庭裡逃出來，又怎能跑到這裡來！我是離開了一切親友，像是一個冒險的旅行人。」一股異國生疏的情調，這剎那間充滿了她的心裡，她莫名其妙地懷念著家鄉，尤其使她傷心的，是那個才滿四歲的小女兒，可憐她還夢想著媽媽回來，替她作新衣，買美麗的糖人吃，而哪裡曉得，她的媽媽現在是試著忘掉她，就是她所記憶不清的爸爸，不久恐怕也會把她整個忘掉，她有了一個美麗的繼母，這小東西又算什麼呢？

「唉，殘忍，自私！」素璞似乎聽見一個小小的聲音，在這樣責備她，臉上一陣火燒，心頭覺得淒楚，兩眼便滴下愧悔的眼淚來，「我應當怎麼辦呢？」她自己問自己，為了我的女兒，一個純潔無罪惡的孩子，我應當犧牲我個人的幸福，來完成偉大的母愛，咳，她是怎樣一個可愛的孩子，紅潤如晨露中的蘋果的臉，充滿了愛嬌的唇，一雙比這秋水更清朗的無疵的眼，活潑而親切的舉動，……她真是太可愛了，我為什麼還不知足，而想離開這個小天使，走到冷酷的人間找幸福？素璞想到這裡，她決定為了女兒的緣故，不向丈夫提出離婚的話，而且為了女兒的緣故，她要試著冷淡純士。素璞的心情又似爽快，又似失掉一點什麼東西，好像油和水般地不調諧。她無精打采地回家去，她覺得應當寫信給賀士，自從她在去國外的前一天，接到北平轉來賀士的一封信，現在整整三個多月，她不曾給他寫信，在她最初的意思，將用不回信的方法，促成賀士同米利安小姐的戀愛，那時候賀士必先向她提出離婚的話，那麼她就可以慨然的允許他，這當然是一個很巧妙的計策，不過這剎那間她感覺得這個辦法不大對，所以中途又改變了。

她平心靜氣地寫了一封信給賀士，信裡面告訴她已得到朋友的幫忙到美國來讀書，希望到了暑假能到歐洲去看他——除此之外，又告訴她孩子是怎樣聰明可愛，並且把孩子一張最近的照片寄給他。——當然這是一封毫無裂痕的信，而且還是辭旨非常溫婉的一封信，她寫好不等純士回來便寄出去了。

四點鐘敲過，純士已從城裡回來了，他走到素璞門口不看見她那倚門含笑的倩影，心裡有點著急，莫非她有些不適意嗎？他忙忙地跑上樓梯，輕輕地敲著素璞的房門，只聽得素璞低聲的應道：「請進來！」純士推開門，一眼便看見素璞一雙滿含愁思的眼睛，向自己望著，純士伸出手去，熱烈地叫道：「Darling！」

「哦，純士！以後你還是叫我素璞吧！」

純士不禁驚奇地張大了眼睛說道：「這是什麼意思呢？」

「沒有什麼，純士！你坐下聽我告訴你，我實在覺得慚愧，沒有資格被你所愛，每次我聽見你叫我『Darling』我又快樂，又刺心，唉，純士！我的心緒，像一堆亂絲，我的腦子裡，有兩種互相衝突的思想，總而言之，我是非常的苦悶呢！」

「素璞！」純士低聲地說：「你千萬不要這樣，我原想犧牲我的全生命來愛你，當然我也能因成全你的意志離開你，素璞，如果你是想著他和你的女兒，你盡可以到他們那裡去，至於我呢，永遠保持著那聖潔的愛，因為在我的生命史上，你是占了最要緊的一頁，我以後就努力於事業……」

「哦！純士！」素璞含著淚說：「我對不起你！你的偉大使我更加慚愧，你能為我這樣犧牲，而我呢，唉！純士！純士！應當罵我咒我，我是這世界上最自私的女人，我的心是非常貪狠，我不願棄你，但我也不願意棄掉他和我的女兒！純士！你咒我！」素璞神經十分興奮，她抽搐著哭，肩頭一起一伏地發著顫，頭髮紛披在肩上，滿臉是淚，真像是一枝帶雨的梨花。純士握緊拳頭，憤恨地望著地板，「為什麼地球不就毀滅呢？人生，人生，除了不調協，糾紛，矛盾，衝突，還有什麼呢？」純士頭上漲著紫青色的筋如一隻怒了的貓般虎吼著。素璞看了這個樣子，嘆了一口氣，走過來，拉住純士的手，道：「唉，純士，你不要過於興奮了，世界果然是缺陷太多，我們慢慢地填起來，總有一天這個缺陷是要填平的啊！而且你不要誤會，我對於你並不想忘掉，不過我現在是不應當不忘掉你！」

「那麼要到哪一天我們才能過過幸福的日子呢？」

「那也容易，只要我們把這些糾紛理清了，便可以自由了。」素璞勉作笑臉向著純士說。

「這些糾紛理清了，不錯，」純士說，「假使你同賀士離了婚，這些糾紛不就清了嗎？」

「當然，這是很簡單的一件事，只可惜心的糾紛沒有事實那麼容易理罷了！」素璞仍是悵然地說。

「心的糾紛？唉，那可就難了，我能幫助你什麼呢？」純士為難地說。

「不要著急，純士！我總極力解脫自己，我想暑假的時候，我到歐洲去找賀士，如果那時他已同米利安小姐結婚了，那我們就省了很多的麻煩，不然的話，我再同他住幾個月，那時間你可以想方法交女朋友，我呢，也想極力地同他融洽，如果彼此都能相安呢，那我們這幾個月的情誼，就永遠只是個珍貴的紀念；如果我同他仍不能和融，你也找不到愛人，那時候，我決然和他離異，然後我們再結婚，這樣一來，不是一切的糾紛都沒有了嗎？」

純士聽了這話，嘴麼雖不說什麼，心裡卻不禁有些不舒服，他想愛情原來是要這樣稱斤辨兩地比較呵，而且又覺得自己顯然是個弱者，讓人家選擇，唉，他想到這裡有點憤恨自己的怯弱；正當他要噴那怒火時，心底又湧起一道純潔的寒泉來把那怒火澆息了，「好吧！我始終應當相信愛情的神聖與偉大！我為了愛要犧牲一切！」

晚飯後，純士仍舊照常陪著素璞到樹林裡去散步，他倆心底的糾紛，也像宇宙間的一切，被遮在深深的夜幕下，這時空氣是平靜的，看不到一切的衝突！

第九章　離婚

素璞在美國匆匆已過了半年多了，他們來時，院裡正開著西紅蓮，現在呢，是那窗邊一叢玫瑰盛開的時節了。蜜蜂哼著嗡嗡的調子，在那熱烘烘的陽光之下，忙著採收花汁。學校已經放了暑假，這一天早晨，純士照例來約她到離此半里地的樹林裡去散步，當他倆經過那清澄的小溪時，閃耀的光波，使他們睜不開眼，同時一陣陣熱風吹拂過來，純士挽著素璞的手臂說道：

「素璞，這是一個我們值得紀念的夏天，你看風景這樣優美，我們的生活多麼豐滿，不過去年的夏天也不錯，對於我們是一樣甜蜜是不是？」

素璞含笑地望著純士，他倆的腳步是異常和諧地向前邁著。幾個鄉間的孩子，跑到他倆跟前，一面唱著，一面跳著，把這一對青年人圍在中間。

「可愛的孩子們，快樂之神擁抱著你們呢！」純士柔和地對孩子們說。

孩子們笑了，齊聲高叫道：「上帝祝福你們！」正在這時遠遠聽見有人叫白蒂的聲音，一個十三四歲的女孩說道：「走吧，媽媽在叫我們呢！」孩子們如蜂群般向前散去，純士高興地望著那孩子們的背影說道：「多可愛的一群孩子，他們把我們的環境變成畫的世界，詩的優美，素璞！我們多幸福啊！」

「幸福！」素璞輕輕地嘆息了一聲，「但我覺得幸福離我們——唉，至少是我吧，還差些路程呢！」

「你以為……」純士的臉色有些蒼白了，「你想還有什麼隔膜在我們中間嗎？」

「不是你我間的隔膜，而是一些別的東西隔膜了我們。」素璞沉思地說。

「那麼什麼時候是晴朗的日子呢？」純士的聲音有些發抖。

「照我想來，假使我到歐洲去後，再回到你的身邊來時，便是晴朗的日子了。真的，純士！我覺得非到那個時候，我的心是永不會有平靜的一天呢！」

「既然這樣，你就早一點到歐洲去，爽性把這個問題解決了吧！」

「不過，純士！」素璞睜著一雙溼潤的眼說：「我去了，假使我同賀士間相處得很好，那麼我們這一生的情誼就算收束了……所以我希望你不要記著我們間的晴朗日子，我只求你在我走後，把我整個忘掉，同時你要另外去認識一些女人，如果我真不回來了，你便可以很快樂地同別人結婚！」

「這算是什麼意思！」純士有點憤怒的樣子，「我真不懂你們女人的心！」

「哦！Darling，你不要生氣，上帝生了女人，多給她們感情，所以她們變成了這樣優柔，同時呢，社會的制度，又特別壓迫女人，所以她們也不能不變成這麼多顧忌！」

「唉，」純士頭上的汗珠，一顆顆滴了下來，說：「素璞！你莫非瘋了，不然，就是我在作夢。」

「不，我也不瘋，你也不在作夢，這實實在在是這世界裡的真相。」

沉默包圍了他倆。這叢林中只有一兩隻翠鳥，在一遞一聲地唱著，素璞聽見純士的失望的低嘆，她一雙眼怔怔望著樹隙間蔚藍色的雲天，過了許久，她握住純士的手說：「唉，純士，我使你受苦，也許有一天你要變成怨我吧！」

「怨你？是的，怨你，……不過我不能為了殘忍的運命而怨你呵！唉，素璞，

Darling！放心吧，縱使你不回來了，我也不會怨你的！」

「你真好，純士！你真偉大！……不過最後我多半還是要回到你身邊的。」

「但願命運之神，不太難為我們！」純士的聲音有些顫抖。

他倆默默地出了樹林，含著糾紛淒楚的心情奔向歸途。

……

一個月以後，素璞果然到歐洲去了，當她動身時曾拍了電報給賀士。

車子到柏林時，正下著雨，馬路上水光燈影，互相激射，素璞伏在車窗向外望，人群如浪潮般地湧到車旁，一個個高低不同的頭在攢動著，但是她找不到賀士在哪裡。人群漸漸散去，素璞的心正急迫著：「莫非他沒有接到電報嗎？也許那個米利安小姐不許他來嗎？」她正在神思慌急的時候，陡覺身後有人說話，急回頭一看，一個西裝整齊的青年，直挺地站在那裡，「呀！」素璞不禁驚叫了一聲，原來那人正是別來四年的賀士，——他還是很年輕，而且態度更歐化了，頭髮整理得那樣光潔。素璞伸出手來，和他握了一下。

「怎麼樣?這幾年好吧，你似乎瘦了些呢!」賀士含笑說。素璞這時心裡塞著極複雜的情緒，像是高興，又像是慚愧，同時一股淒梗的東西，塞住了喉嚨，她低下頭來，看著被雨泥玷汙的地上。賀士替她提著箱子，出了站臺，一輛汽車停在那裡，賀士向那車伕招了一下手，一個年約三十歲的高鼻子的男人，走了攏來，恭敬地向賀士行禮問道:「到哪裡去?先生!」

賀士把地名告訴了他，他連忙把箱子安放好，他倆也上了車，車子就風馳電掣般地開去。車窗的玻璃被雨打溼了，模糊看不清外面的景象，但見燈光明亮，人群依然稠密，而且車子絡繹如長蛇般，蜿蜒不斷;轉了幾個彎，車子忽然停住了，賀士說道:「到了!」素璞跟著他走進那座高樓去。一個紅鼻子的高大男子，站在門口，見了賀士，含笑上來招呼，賀士把箱子交給另外一個年輕的男人，便同素璞坐電梯上去，到了第五層樓才下來，又向右走了幾十步，有兩間小小的屋子，那便是賀士所住的地方了。素璞進了屋子，細細觀察這屋子的布置。只見這間屋子只有一丈多長，八九尺寬，左面放了兩張書架，上面疊著滿滿的西洋書籍；靠窗子斜放一張書桌，桌上滿是雜誌和文具；再看右邊，放著一套沙發，沙發旁有兩張小矮茶几；牆壁上掛著人體解剖圖，還有賀士在實驗室的相片；沙發旁另有一扇門，是通到臥室去的，素璞便走進去看。那是一間極簡單的寢室，除了一張鋪著潔白床單的床外，還有一隻放衣服的架子，和兩個鐵箱子；但是光線很好，屋裡共有兩扇窗子，一扇是朝街的，伏在那裡可以看見街上的種種東西；一扇呢是靠著一座小花園的，裡面有許多青蔥的樹木，和鮮麗的花草，一陣濃烈的花香，從風裡吹過來，素璞怔怔地靠著窗子出神。

吃過晚飯後，雨已停了。涼雲漸漸散盡，天空擁出一輪月兒，照得那花園，葉清如洗，那嬌豔的玫瑰，含露欲滴。素璞只顧伏在窗欄上眺望，賀士悄悄走過來，撫著她的肩說道：「我真想不到，會在這裡和你相聚，我走後你過得很好麼？聽說你的朋友很不少呢！」

素璞聽了這話，覺得賀士分明有懷疑她的意思，但是她陡然想起米利安小姐來，便冷笑道：「你去國外這幾年當然也過得很好了，……你那位女朋友呢？」

「哪個？」賀士似乎莫名其妙地問著。

「那個！你倒問得我好，哼！一個溫柔的女看護，難道你竟會忘掉嗎？」

「你說的是米利安小姐嗎？」賀士微笑著說：「她老早不在柏林了。」

「怎麼，她到哪裡去了？你怎麼捨得讓她走？」素璞譏笑似地望著賀士哼了一聲，賀士臉上陡然罩了一陣陰霾，他在屋子裡踱著步兒，雙眉時時皺緊了，最後他站在素璞面前說道：「我們現在大家都應當公開些，現在我老老實實地告訴你，米利安小姐已經同別人結婚了，我同她只不過是朋友的關係，請你剖白你自己吧！」

素璞蒼白的臉色，在月光下更像一個大理石的石像了，恐怖羞愧的情緒，充滿了她此刻的心，同時她覺得賀士冷森森的態度，使她憎惡，憤恨，這時她有些後悔不該離開純士到他這裡來了；再回想到同純士分別時，他那種溫柔悲哀的雙眼，簡直深深地印進她的靈宮裡，好像一隻將被拋棄的綿羊，他除了忍受命運的宰割外，沒有一些反抗和怨恨的表示，於是哭泣從她心頭髮出聲音來，她的睫毛被淚水沾溼了。她始終不曾剖白自己。

她同賀士住了兩個月，他們表面的生活，還沒有什麼大的裂痕，不過為了各人心裡都有著陰霾，因此小吵嘴差不多每天都有兩三次。

不久秋天又到了，雖然都市裡很難看出氣節的變化，但是第一聲秋的悲吼，是從那小花園裡發出來的，玫瑰早已謝得只剩了空枝，夜鶯再不在窗前唱歌了，葡萄已經成熟了，早晨看見幾個孩子，手裡提著籃兒，在那玫瑰叢前的葡萄架下，用剪刀採下那一串串又紅又紫的葡萄來。素璞站在窗前，看他們工作，忽聽得一陣秋風吹過，那玫瑰樹的葉子，便落了幾瓣在地下，「唉！」她深深地嘆了一口氣，把手撫著心，她覺得心海裡是起了異樣的波浪，忽然又聽見天邊一陣雁子振翼的聲音，她不禁低聲吟道：「看征鴻過盡，萬千心事難寄。」一股悵惘的情緒，從那一字一句中湧了出來。

她呆呆地獨坐在一張圈椅上，賀士到醫院裡去看朋友，屋裡寂靜得像墳墓，她忽看見窗旁的小櫃子，有幾張紙角露在外面，便走過去，抽開屜子打算整理整理。當她開第二個抽屜時，忽發現一個綠色的紙包，上面拴著一根妃紅色的緞帶，「這是什麼東西呢？」素璞自言自語地沉吟著，那隻手不由自主地已把緞帶扯開了，打開紙包一看，原來是一束信，全是德文的，素璞看了半天，只認得幾個字，但這已經很夠了，就由這幾個字裡，她看出這是一個女人寫給賀士的情書。她拿著這一束情書，心裡怦怦地跳著，她覺得自己是被欺騙了，一股憤怒，攪著妒忌的淒酸，那眼淚禁不住滴在衣襟上了。可是同時她又覺得有點高興，覺得這不啻是一道赦令，對於她和純士間的祕密，因有了這一道赦令，他們可以變得坦然了。

素璞正拿著那一束情書沉思時，賀士已推開門進來了。素璞連忙把情書放在身後，但是賀士已看見了，訕訕地說道：「你從什麼地方找到的？」

「你自己放在那裡的，難道還不曉得嗎？」素璞冷然地說。

「其實那又算什麼呢？一些很平常的通信罷了。」賀士巧辯地說。

「當然了，我認不得德文，隨便你怎麼說都可以，不過假使你肯答應我，把這一封信暫且保存起來，等我把德文讀好了，我看過之後，你再毀滅它，方算你對我是真心的。」

賀士聽了素璞的提議，想了想答道：「好吧！那麼你就先收著，等你讀好了德文，細細看看，就知道我並不曾說謊。」

素璞聽見賀士這樣說，自己心裡倒有些愧悔，不禁臉一紅，含笑說道：「我倒錯怪你了！」

他倆之間的爆烈，暫時地被欺騙壓息了。

三個星期過去了，素璞拚命地讀著德文，她幾乎連寢食都忘了，她的心是傾注在那一束情書裡，這個情形賀士似乎也覺察出來了。他每次看見素璞在苦苦地記憶文法的規則，他的眼裡便不免漾出詭計的光波來，而他嘴裡卻勉勵著素璞道：「再有幾個月你一定能看懂那些信了，那時我也可以表白我的心跡呢？」

素璞因此毫不猜疑的把信仍舊放在那屜子裡。在一天下午，素璞到街上去買一些東西，走回來的時候，看見屋裡有火光，她嚇了一跳，莫非失火了嗎？她連忙跑進屋裡一看，只見賀士坐在壁爐邊，不知在燒一些什麼東西呢！素璞站在門旁怔了半天，忽然心裡一動，連忙抽開那放情書的屜子一看，原來那一束情書早已失蹤了，素璞一切都明白了，狠狠地瞪著賀士道：「欺騙人的魔鬼！」她說了這一句便轉身到寢室裡，伏在床上痛哭。賀士慢慢地走了進來，推著她說：「這是一些不相干的信，留著究竟沒有意思，所以我把它燒了，你何必這樣傷心呢！」

「當然要傷心了，我作了人家的傀儡妻子，自己還不覺得！」

「哼！」賀士冷笑了一聲，說：「我又何嘗不是作的傀儡丈夫！」

「你怎麼是傀儡丈夫？你倒得還出我個憑據來！」素璞勉強鎮靜著說。

「算了吧，我們都是受過教育的人，大家留點體面好了。」

素璞覺得賀士的話太刺心了，這樣下去終沒有好處，倒不如趁這個機會，離了婚吧！她因此毅然決然地說道：「既然大家都是傀儡，我們還是分手，各幹各的去吧！」

「離婚嗎？我不願意這樣做，為了我們的女兒，我希望你不要再提這話吧！」

素璞聽他提到女兒，她的心又被激動了，「是的，為了那可愛的女兒，我應當忍受一切。」她心裡這樣想了，那一股勇氣又不知躲到什麼地方去了。

他倆的談話便這樣沉默而結束了。

素璞的心，一直在苦糾著，她有些支不住而病倒了。當她病後的第三天，她接到純士一封信，說他現在認得了一位金女士，她是中國某大學三年級的學生，和他透過幾個月的信，而且照片也寄來了，意思之中，希望素璞早給他一個答覆，他才好決定他的前途。

素璞接了這封信，心裡一股酸浪，直衝上來，她躲在被裡嗚咽，這時賀士從外面進來，問道：「你好些嗎？」

她只搖搖頭道：「我恐怕一輩子也好不了的。」

「這是什麼意思？」

「唉，什麼意思嗎？我覺得我現在過的不是人的生活，這病又怎麼會得好？」

「照你的意思要怎樣呢？」

「我想你還是放我去吧，你再找個好的……」

賀士不響地繞著屋子走來走去。

過了一個星期素璞便同賀士在一個律師那裡正式地離了婚。出律師公所時，素璞是含著希望的微笑；而賀士呢，卻沉在哀愁中，他低低地嘆息著回到家裡。

第十章　勝利

素璞出了律師公所，仍同著賀士回到家裡。賀士獨自坐在書房裡，兩手抱著頭，看著地板出神。素璞忙忙地擬了一個電報稿子，告訴純士她在這星期五乘船到美國去，一切的事都等她到了再決定。

素璞打好電報回來時，看見賀士坐在書案旁，不知在寫什麼東西呢！見了素璞，他黯然地苦笑著：「現在我們是朋友了！……」

素璞看了他的神色，心裡也由不得一軟，無論賀士平日怎樣欺騙了自己，但作了一場夫婦，現在撒手走開，回想舊夢，也不禁有些淒戀。想到這裡，那眼裡已滿蓄了淚水，哽咽著道：「這一切事情，都是命運，假使你當初能帶我出來，你也不至於認得什麼米利安小姐，我呢，自然也更沒有什麼問題了，現在事情已經到這地步！除了大家撒手，以後的結果更不堪設想了。」

賀士慢慢抬起頭來望著素璞，深深地嘆了一口氣道：「不錯，什麼事也都只好歸咎於命運……不然，這些糾紛怎樣解釋呢？……但是我有一件事，到如今不得不請求你剖白，雖然我現在已經沒有資格干涉你，不過在友誼上請你告訴我，你究竟怎樣到美國去的？」

「你要知道這個嗎，不錯，這是人情，我當然可以告訴你：在你走後，我就到北平去讀書，無意中認識了一個青年，他對我非常的好，不過我們只是友誼罷了；後來我聽見人家傳說你在這裡同一個德國女人戀愛，我當然很傷心，不過我還不肯輕信，直到你寫信親自告訴我，米利安小姐的事情，你在字裡行間流露了真情，我才灰心！唉，賀士，我那時只有二十二歲，我還有我的青春，我不願就這樣毀滅了自己，像一切懦弱沒有反抗的女人一樣，所以我就不得不另創新環境了；不過我為了女兒的幸福，我始終克制著自己，後來雖然跟我的朋友到了美國，也不過是想讀些書，……並且想借此可以到歐洲來和你相聚，誰知道我們相聚幾個月的結果，我的努力卻完全失敗了，你行動間沒有一點真誠，最近你燒了那祕密的情書，便是宣告了我們共同生活的死刑……現在一切都完了，你很可以作你所願意的事，我呢，自然也有我的辦法……」素璞說完，沉默地看著賀士，她眼裡有一種要求，那是很顯然的，她想知道賀士的祕密，但是賀士只嘆了一口氣道：「不錯，在我們之間什麼都完了！」說了這句，又沉默著，素璞有些忍不住了，因問道：「你同米利安小姐什麼時候結婚呢？」

「呀！素璞你真錯疑了米利安，她委實已經和別人結婚了，不過現在另外還有一個女人，她對我很好，也許將來我們會結婚吧，只是這時還說不到……」

「這話當真嗎？」素璞懷疑地看著他問。

「我騙你做什麼，正是所謂現在我們已經是朋友了，我們誰都用不著欺騙，是不是？」

「那麼我們現在來討論那個女孩子吧。」素璞說：「我覺得你將來既是要同德國人結婚，這個孩子在你們之間，是太不合適了，還是我來負責教養她，而且從她生下來，實際上都是我一個人在教養她，你如果願意負擔一些教育費更好，如不願意呢，也沒有什麼關係，我總盡力量栽培她！」

「暫且就這麼辦吧！以後回國後我們再從長計議！總而言之，我們的破裂，這個無辜的孩子多少是要受些損失的，但是，這也是命運……」

一些薄薄的烏雲，現在是包圍了這兩個青年人。

素璞在星期五的上午，搭船到美國去了。在旅途中素璞的心情是很平靜了，數年來的心病，這時已完全好了，她覺得自己到底不是平凡的女人，從重重的壓迫下，她是掙扎起來了，現在她頭上戴了勝利的王冠，她伏在船欄上，看那海裡起伏的波濤，像惡魔般的伸牙舞爪，她不禁含著睥睨的微笑，低聲地說道：「兇殘的勢利呵，你縱能吞沒整個的世界，你卻不能損壞一個活躍堅定的心。」

時光過去了，行程也跟著時光匆匆過去，不知不覺船已駛到美國的海岸了。素璞換了漂亮的衣服，收拾得十分美麗的倚在船欄上微笑。不久船便泊了岸，許多接客的人們，像驟雨般地擠了上來。在人群中，一個身材不十分高的中國青年，已看見他的愛人了，連忙叫了一聲：「素璞，」便飛步走上扶梯，親暱地叫了一聲「Darling」。素璞也忙迎上來。這時在他倆的心頭，充滿了歡喜，急急地提了箱子，下了扶梯，叫車子開到一家旅館，他倆在那裡休息了一夜，第二天才搭火車到紐約去。純士這時仍住在那位胖太太家裡，但是素璞的房子，早已退了，只是同那位胖太太又通融了一間房子，暫且住幾天，他倆預備結婚後搬到別處去住。

在一天晚上，月色正十分皎潔，素璞和純士並肩在那樹林裡散步，隱隱聽見有人在彈「吉他」，聲音非常幽婉，純士緊緊摟著素璞的腰，低聲道：「素璞！Darling！你現在完全是我的了，唉，你多麼痴呀，叫我不要希望晴朗的日子，現在怎麼樣呢！」

「但是我要來晚一步，也許這晴朗的日子，就永遠不會有了吧！」

「怎麼呢！」純士柔聲地說。

「當然了，我若不來，你那位金女士就要來了，她一來，這晴朗的日子，就屬於你們了！」素璞含醋意地說。

「哪裡的話，你難道真以為我有什麼意思嗎？我不過怕你不決定，所以故意說來嚇你的！」純士臉上充滿了勝利的微笑。

「你到底是學政治的，才會使這些外交手腕，假使我真不來了，你又怎麼樣呢?」素璞嬌媚地說。

「你就不來,我也要等你一生的。」

「真的嗎?純士,如果這樣,我無論如何是要來的!」素璞非常柔婉地笑著。

純士勾住她的頸子,熱烈地吻著她,同時低聲叫道:「Darling!Sweet Heart!你真是我生命的源泉,這一來可好了,我守著你一輩子,我的靈魂將充滿了美麗和快樂!……我想我們趕快結婚吧!」

素璞低聲應道:「好!」但陡然地她想起一件事情來了,臉上立刻罩上一些憂疑的雲霧,囁嚅地問道:「你父母贊成嗎?」

純士被她這句話一問,不禁「呀」的一聲道:「不錯,這也是一個很重要的問題,我應當先寫信去徵求他們的同意。」

「那麼你想沒有什麼意外的事情發生嗎?」素璞憂疑地說。

「當然!」純士說:「他們自有他們的意見,不過這是我倆個人的事情,只要我們心志堅定,我想我的父母也不至於怎樣的。」

「但能這樣，我們就感謝天地了，不過我聽見黎雲說過，你母親很不贊成你跟我來往呢！」素璞仍然不快樂地說。

「當然我母親的時代，和我們不同，她們對於女人的貞操呀，離婚呀，這一切的事情，一定有一種和我們不同的見解，不過她對於你的印象卻是很好，從前我才認得你的時候，她也常常誇獎你會作人……所以我若極力央求，她們或不至於會反對吧！」

「既然如此，你就趕緊寫封快信，徵求他們的同意，這雖然是我們自己的事，不過能夠大家都滿意，不是更好嗎？」

純士點頭道：「對了，你的意思很好！……你曉得我的父母非常愛我，而且我又是個長子，所以他們希望我的心，比希望一切兄弟都切！能不叫他們失望才好？」純士說。

他倆走著談著，不知經過多少時間，只覺得腿有些瘦了，再看月影已有些斜了，已經過了十二點，因慢慢踱回家裡，輕輕地開了房門睡了。

這一個月以來，純士和素璞一面計劃著他們的婚禮，一面等待家裡的回信；雖然他倆都有點懷懼的心情，但是終掩不住那勝利的光芒，因為縱使家裡有異言，這不過是枝節問題，對於他倆根本的計劃是沒有影響的，而且純士預料著他們聰明而慈祥的父母，也絕不會拒絕他們的請求，因為這樣一來，會使愛子永遠不想回到他們身邊去。

在他們盼望懸揣的心情中，回信最後遞到純士的手裡。純士拿了這封信，他仍然鎮不住手的抖顫，心的狂跳，信看完了。——這是父親的親筆，唉，寫得多麼懇切，想得多麼周密，雖然說了不少的話，但是結果他們是贊成了，父親說：「這是你們自己終身的事情，你們既以為是幸福，我們還有什麼反對的？不過我總希望你們，多用理智，少用感情，好好地努力做人，總求無負於國於家……」

純士看完信，含笑地摟住素璞道：「你看我們的父母多好。」素璞只拿著那信發怔，最後竟滾出眼淚來了，心裡充滿了歡喜和傷感的情緒，在人生的路程上，悲劇結束，跟著喜劇開場，這喜劇又怎樣演進開展呢？她那易感的心於是不得不流著那悲喜交集的眼淚了。純士雖不了解她這時的心情，但看著她流出淚來，也有一種莫名其妙的悵惘，他倆沉默了些時，才慢慢恢復了平靜。

他們決定在這個星期日結婚。純士連日在忙著預備一切，素璞呢，似乎沒有純士那麼起勁，本來生命在她已染上了灰色，那種不自覺的憂鬱，在她靈魂裡像是生了根蒂，美麗的陽光，滋潤的春雨，也難在她心裡，培養出一朵燦爛而純摯的花來。何況悲劇和喜劇的銜接，是這樣地急驟，正像舊漬未清，就是加上新的顏色，那舊漬仍然隱約可見呢！幸喜純士毫無這種感覺，他的起勁熱烈，無形中也影響了素璞。近來可以常看見他倆，聯步並肩於早晨的樹林中或黃昏的溪流旁。

婚期到了，純士請了一位美國的文學家替他們證婚——一個頭髮半白的老人，和藹而沉著的面容，強壯的身體，顯露著對於生命充溢了無限的趣味——他這是第一次替中國人證婚。那天他倆到禮拜堂時，這位文學家，偕著夫人，含笑地迎接他們。

婚禮是很簡單的，他們不是教徒，但是也按照禮拜堂的結婚儀式作了。兩夫婦站在牧師的面前，牧師替他們祝福，換了結婚戒指，然後那位文學家，說了幾句祝福的話，婚禮就這樣閉幕了。出禮拜堂後這一對夫婦，同那兩位證婚人，攝了一張照片，當晚就在一家酒店裡，請了幾個熟朋友吃了晚飯，他倆便回到他們的新屋子裡去。這新屋子也是在紐約的鄉間，比從前所住的那地方更遠些，但是景緻也更幽靜些，也有叢林，有小溪，還有一道小橋。這夜他們坐著汽車回去時，正是新月初上林梢的時候，汽車如飛地經過了小溪，短橋，和湧著碧浪的麥田，聽著附近人家彈奏著月光曲的神祕調子，這一對青年人，彷彿騰駕著雲霧，翱翔於天堂中一般。

車子到了他們的住所，他們的房東，是一個比較矮小的青年婦人，知道他們才從婚宴回來，站在院子裡向他們致祝辭，並送了一束鮮豔的玫瑰花，他倆高興地接著致了謝，便回到房裡去——這房子布置得很雅緻，臺子上這時點了幾枝紅蠟，光影綽約，更顯出一種神祕幽深的趣味來，他倆就把預備好的喜糕，同茶點擺上，請了房東的一家人來喫茶，直到深夜才散了。

在他們結婚的第三天，純士便同著素璞到海邊去旅行。那時候正是初夏的天氣，海灘旁游泳的男男女女，結隊成群，有的在唱歌，有的吹口琴，也有的拉提琴，有的拿著一本小說睡在沙灘上看；天空是藍得像透明的藍寶石，海水如翡翠般的碧綠，海的那岸，隱隱有青山矗立，這裡的景緻比圖畫更美，他倆也隨著這一群幸福的人們，沿著沙灘漫步低語。黃昏時純士曾下海去游泳，素璞坐在沙灘上望著他，只見他在水裡一浮一沉，直游到滿頭是汗，才上來，換了衣服，精神活潑地向素璞道：「Darling，放了暑假我們搬到這裡來住，你也學習游泳好不？」

素璞聽了這話，便甜然一笑道：「好，可是我從沒有練習過，你要幫忙才行。」

「當然，當然，」純士爽脆地說：「我可以帶你在水裡玩，多麼幸福，是不是，Darling？」

他們一面說著，一面到旅館去，在那裡住了一夜，第二天才回去。

在這個時期，他們是演著人間最平凡的劇，他們是一對新夫婦，他們快樂，他們看輕一切的人，只有他們是天之驕子。純士大學已經讀完了，下半年打算得碩士的學位，以後就預備作博士論文，這個青年人，是被幸福所包圍著，他安靜地生活，安靜地用功，在他心裡是風平浪靜的；素璞呢，也進了大學，不過她不想得碩士和博士的學位，她只想讀些自己歡喜的東西，以外的時間，就幫著純士打字呀，整理家務呀。他們在不同的生活形式中，送走了再不回來的時光。這些時，他倆的世界，是比什麼都平靜，因此他們再不覺得風的歌唱，雨的低吟，和草木的嘆息，就是那娟娟的月光，也不易激起他倆的感興了。

純士終於很順利地得到博士的頭銜，於是他倆沒有再羈留外國的理由了，而且官費也要完結，所以在五月底，他們就預備回國。

正在他們動身的前一天，接到賀士的一封信，說他八月間要回國，希望她那時也能回去，把女兒的問題解決了；並且又說，他們這次的離婚，還不曾報告家裡，因為老年人必不贊成這種舉動，以後怎樣說，也要大家商議才好。

素璞接到這封信，她生活的暗影，就像將雨的烏雲般，一層層的厚起來，那平靜的心情，又不知逃到哪裡去了，心想這一回去，自己也有著賀士一樣的困難，母親那裡還一點不曉得自己離婚，而況又結婚呢……至於那些親戚都是和母親一樣古舊，她們絕對不會諒解我……

素璞越想越沒有主意了，但是又不能終久不回去，唉，事情已到了這裡，也只好走一步算一步吧！她悄悄地想著。

這些情節素璞不願告訴純士，所以只有自己隱忍，每每強作笑臉掩飾著。純士因為忙著辦歸國的手續，所以也沒有覺察出來，他依然充滿著勝利的微笑，奔他的歸程。

第十一章　回國

他們在太平洋的歸舟中，已經過了兩個星期。旅行的單調生活，他們都有些感著厭倦和疲乏，每天照例坐在各人租定的帆布椅上，看那起伏變化的浪濤，聽那澎湃的水聲激打在船身上，他們的心是充滿了渴望和歡喜。

一個如削壁的浪花，在海心中湧了起來，浮空的雲朵冉冉西去，太陽照在深綠色的海上，閃著金光。素璞仰頭望著雲影，微微地吁了一口氣道：「五年的旅客生涯，就這樣匆匆地過去了……也可以說我們的黃金時代的落沒，這一回去，就不能安靜地讀書，你看吧，僅僅為了吃飯問題，便要整天地奔波著。」

「不錯，吃飯是第一個問題，然後才到事業！」純士悵然地說。

「你打算作什麼事情呢？」素璞兩眼充滿了不安定的光波。

「我想還是教書吧，……我們出國已經五年了，國內的情形都已生疏，而且現在的黨派又多，究竟哪一派是靠得住，簡直一點把握都沒有，若貿然地捲入政治漩渦，未免太危險了；在我的理想中，最好能在北平大學謀一個教授的位置，一面教書，一面細細觀察國內的情形，兩三年後看機會！」純士說。

「國內的出路太少了，不問到外國學的是哪一門，回去只能教教書，究竟留學也多餘。」素璞嘆了一口氣說。

「不必灰心，慢慢地總會有一天清朗的。」純士頗自信地說。

「你的人生觀，真是信念的，但願能像你所揣測的就好了。」素璞仍然很憂鬱地說。

「這是全中國的問題，我們倆人著急也沒用，不過假使人人都存著這希望，便自然會好起來。最怕是人人灰心，所以我總是望好處著想……喂！Darling，現在且說說我們的計劃吧。」

「好！」素璞聽了純士的話，這樣淡淡地應著，她的心是糾纏著複雜的問題，第一件就是她和純士的結婚，究竟公布與否的問題，最近她得到一個消息：賀士自從和她離婚後，他很悲觀，雖然他已同那位德國女子訂了婚，但他對於自己仍未全忘情，在朋友們面前，時時露出悲哀的情緒，他覺得人生太無意義，在殘刻的人群中，找不到寄託，因此他開始皈依宗教……這一些陰影，如堅韌的繩索，緊緊地絞著她的心，以至於出血了。

在這一個困難以外，便是怎樣對付她衰老的母親，當初她要到北平去讀書時，賀士家裡的人原不贊成，經她母親再三要求，才勉強地答應了；現在竟因為外出讀書，認識了純士，演出這一套離婚的悲劇來，母親聽了怎能不傷心，不憤怒，又叫她母親對賀士的家人怎樣說話？她想到這裡，就想對純士說：「我們暫且不要公開我們的關係。」但是這話究竟太難出口，這種不徹底的生活，又算什麼呢？而且純士還有他的父母，親戚，朋友，對於這種祕密將怎樣解釋呢？

素璞沉沉地思索著。純士對於她的沉默，終又忍不住了說：「Darling，你怎麼不說話？」

素璞轉過頭去，只管看著海浪發呆。純士從帆布椅上站了起來，坐在素璞的椅子邊上說道：「素璞，你究竟在織些什麼奇怪的幻想，告訴我，無論什麼困難，我願替你解決！」

「唉！」素璞聲音發著顫抖道：「純士，你不曉得我心裡多麼苦惱，我簡直是天地間最不幸的人，細想起來，我對不起父母，對不起孩子，對不起賀士，也對不起你！……」

「唉，你簡直太感傷派了，人家說鑽牛犄角，越鑽越窄，你就是這樣的。世界上就沒有各方面都完全的人，並不是別的緣故，因為各有各的時代，因之也各有各的成見，你打算使每個人都滿意，結果怎樣呢？一定弄到誰也不滿意你，而且你又不願作平凡的人，你要保存個性，既是這樣，人心不同，正如人的臉，你的個性越強，你越不能獲得世俗的讚賞，這真是何苦呢？」

「夠了，夠了，你的哲學也發揮得差不多了，只可惜我是塊頑石，不知道哪一天才會點頭！」素璞發出無可奈何的淡笑。

夜的翅翼，已從東方的海上，漸漸張開來，風神含著憤怒，從東南方虎吼而來，激起了浪濤的反抗，船身有些支不住的顛擺著，素璞連忙把大衣裹緊了身體，同純士回到艙裡去。已是晚飯的時候，他們換了整齊的夜禮服，到食堂裡安靜地坐下，那些服飾整潔的 Boy 輪流地上著菜。飯後，音樂悠悠揚揚地奏起來，那些裸肩露背的西洋女人，便如蛺蝶穿花般，在舞廳裡旋轉著。

素璞同純士也舞了一回，走到船欄旁時，忽見海裡捧出一輪明月來，清光萬里，照得海水，森寒刺心；這一對旅思纏綿的人兒，在月影下，緊緊地偎倚著。純士望著無際的海天說：「Darling！但願我們此後的生活，像這瑩潔的海，寬闊自由。」

「純士啊！」素璞低聲叫道：「在這個世界，你是第一個好良心的人；可是命運對你太不客氣了，它時時在玫瑰酒汁中加了些苦味。」

「素璞！Darling，」純士有些愀然地說：「你近來真的變了，自從我們離開美國的海岸以來，我不曾看見你快樂的笑靨，你究竟為了什麼？」

「我有一件隱藏心底的要求，直到現在我都沒有勇氣向你剖白，唉，純士，你太好了，因此越顯得我的要求對你太殘忍了。」素璞聲音和將斷的音弦般，那樣急迫地顫著。

「但是，素璞！你相信，我是用全生命愛你嗎？」純士真誠地說。

「哦，相信的，正是為了相信你愛我，所以不忍再使你受苦！」

「但是，素璞！你要曉得，你這樣的苦著自己，我仍然是不會快樂的，所以你還是明白地說了吧！」

「純士！你允許我，無論怎樣，你要好好地安慰自己，要以你的事業為重！」

「唉，素璞！在我倆間莫非又有什麼變故嗎？……但是我願意允許你的要求，我總應著不使你傷心！」

「純士！親愛的，你聽我說，你不必問什麼原因，我們到了中國，暫且分住一年，或者不到一年；若是命運不太難為我們，那未必有復合的一天。」

「是的，素璞！我尊重你的意見，我也不追問什麼原因，更希望這只是夢一般的事實，在我清醒時，你仍然好好的在我的身邊。」

素璞感激得流著眼淚，輕輕地吻著純士的手，他倆沉默地回到艙裡睡了。

龐大的船身，在一天早晨，安然地進了黃浦江，十點左右泊了岸。許多接客的人群中，沒有他倆的親人和朋友，所以他們毫無耽擱地上了岸，把行李交給一家旅館的接水茶房，雇了一輛汽車奔西藏路去。

他們在旅館裡吃了午飯，休息了一會兒，素璞將自己的東西整理好了，僱車到縣城去投奔她的女朋友。純士呢，去看了幾個住在上海的親戚和朋友，便匆匆搭車到北平去。

到了家裡見過父親和母親，這兩位慈和的老人，見他獨自回來，很詫異地問道：「素璞呢，她怎麼不和你一路回來？」

「哦，她到蘇州去看她的母親，聽好她母親近來身體多病，她想陪她住些時候，並且也要去看看她的女兒。」

母親沉吟了一下，顯著遲疑樣子，問道：「她的女兒跟哪個呢？」

「素璞的意思，要她在自己身邊，因為她覺得讓這孩子跟了父親，是太殘忍了！」

「可是帶在你們身邊，你願意嗎？」

純士聽見母親這樣問，心頭禁不住有些跳，低頭想了想道：「我想多一個小孩子，也沒有什麼關係吧！」

「嗯！」母親有些不高興的樣子說：「你們年輕人，到底什麼都不懂，你想，你才結婚，家裡就有這樣大的一個孩子，親戚們問起來，你怎麼說？……所以我從前警誡你，不要和她親近，也就為了這些緣故，不然她也很好，我為什麼不贊成呢？現在你們既然已經結了婚，我也不願多說，不過那個孩子無論如何，帶在你們身邊總不方便呢！」

純士覺得母親的話，不是完全沒有道理，不過素璞若捨棄她的女兒，她必永遠不會快樂，而且我既愛她，當然也應愛她所愛的人，所謂「愛屋及烏」的意思，不過我又怎麼應付母親呢？純士躊躇著，竟沒有辦法，只好說道：「等素璞回來了，再細細商量吧！」

「也好。」母親淡淡地說著，這段談話就算收束，但是在純士的心裡，卻增加了一層糾紛。

純士初意本想在北平作事，但是沉悶的故都，簡直出路更少，奔走了幾天，毫無結果，只得仍到上海來設法，所以他在家只住了十天，便又匆匆南來了。

這次他到上海，知道兄弟明士和他的妻子也在上海，所以他便搬到他們的家裡暫住。

明士看見純士獨自來了，不免也是詫異地問道：「聽見你已和素璞結了婚，她現在到什麼地方去了？」

「回她自己家裡看母親去了！」純士這樣回答，這本是很近人情的事，所以明士夫婦也毫不疑惑了。

但是經過幾天的相處，純士憂鬱的神情，使得他們懷疑起來。在一天下午，大家都坐在書房吃西瓜時，純士只懶懶地靠在沙發上嘆氣，明士忍不住地問道：「純哥，你到底隱藏些什麼祕密？這神情簡直太可疑了！」

「沒有，什麼都沒有，只是心裡有點懶懶的罷了。」純士仍然掩飾著。

「老兄何必掩飾呢，你的神色比你的說話更清楚地告訴我們，你心裡藏著一些不高興的事情呢！」明士的妻說。

「你們的眼睛真太厲害了！其實呢，在你們面前本來不用隱瞞，不過就是我自己也不了解，她到底為了什麼這樣做作？」

「你是不是指的素璞姊，」明士的妻微笑地說。「如果是的，那麼你趕緊把事實告訴我，我是最了解女人的心的，也許能替你分析出個結果來！」

明士聽了妻的話，也笑道：「這話倒不錯，你快告訴我們，究竟是怎樣一回事？」

「事實很簡單，她不讓我問理由，在這一年內，她暫時不和我同居，你看多奇怪呀！」

明士的妻聽了這話，低頭想了想道：「我想她一定有些難以告訴你的隱痛，一定是她的母親不贊成她和賀士離婚！」

「恐怕還不只如此，」明士接著說：「一定更反對她離婚再嫁，在我們禮教森嚴的中國，女人是不能再嫁的，男人當然可以再娶，——尤其是在鄉下，那些自命維持名教的老鄉紳，要拚命地反對了，你不是說素璞的父親，原來也是一個鄉紳嗎？」

純士點頭道：「我相信你的推測是對的，不過以後究竟怎樣下場呢？……而且素璞是受過新文化的洗禮的，她既想打破禮教的樊籬，就應當作個徹底，為什麼走兩步又退一步呢？」

「唉，這就是女人的心了！」明士的妻說：「你們翻開歷史看，從古到今，有幾個女人不怕社會的譏彈呢？本來也難怪女人，這個社會對於女人是特別的責備的嚴，我想素璞姊現在的心也夠苦了，她要作這個社會裡的女人先鋒，但是她的勇氣還不夠，所以她的行動，更弄得令人不可捉摸了，這是時代病，純哥！只看你能幫她多少忙，如果她能打出這一關，你們的前途仍然是燦爛而光明的。」

「你叫我怎樣幫忙？我不能掩住每個人的嘴，叫他們不譏彈，是不是？」

「不過你能使素璞不怕譏彈，不就好了嗎？」明士說。

「是的，這的確是素璞的思想還不夠徹底，如果能夠使她的思想更進一步，這一些枝節便可剪除了。」純士說。

純士經過這一番的談話，他的心似乎安靜得多了，他預備立刻寫信給素璞。在他們吃過西瓜後，他便拿了信籤信套，獨自躲到樓上去寫信。

暑假將完時，純士受了湖北某大家的聘，不得不離開上海。當他上船時，他的心情仍然是憂鬱的，他握住明士的手說：「我好像是被充軍到西伯利亞的心情！」

「我希望你再到上海時，素璞已經改變了她的思想。」明士安慰他。

「不過她最近的信，還是那樣弄不清。」

「忍耐吧，純哥！……這一切的糾紛除了忍耐，是沒有辦法的。」明士很有經驗似地說。

船上的人擠得如市集般，明士看著純士把行李安放好，便告辭回去了。在路上他心裡竟充滿了莫名其妙的悵惘，大馬路上的燈光，爭奇鬥勝地閃爍著，人群如潮水般流動，「這種種色色的人，也有著種種色色的心，於是人生便形成了永久的糾紛。」明士感慨似地吁了一口氣。

第十二章　懺悔

和孩子。

素璞自從和純士分別後，在她朋友家裡住了兩天，便到蘇州鄉下，去看母親

到家時，竹籬邊正臥著一頭黃狗，聽見生人的腳步聲連忙竄起來，汪汪地吠著，跟著竹籬門開了，出來了一個八九歲的女孩子，睜著一雙亮晶晶的眼向她望著；素璞也向她仔細看了半天，才認出正是自己的孩子，上前一把摟住她道：「阿囡，你不認得媽媽了？」那孩子只驚奇地看著她，一面掙脫了身子，跑到裡面叫道：「外婆，快來！」

跟著走出一位五十多歲的老太太來，見素璞連忙叫道：「啊！阿素你從外國回來了，我前幾天接到你到上海的信，想你總還有兩天耽擱，不想這時候就到家了。」老太太一面說一面喊娘姨，替素璞把行李搬進去，一面又指著那女孩子道：「你看阿囡都長得這麼高了！」

「媽媽，她現在沒進學堂嗎？」

「原先她在這裡小學讀書，這些日子因為出痧子，所以這半年就不曾讓她上

學，這一下好了，你回來好好地照應照應她吧！說起來這孩子也就可憐，這麼一點年紀，就離開爹娘，跟著我雖然也不至受委屈，但我年紀也大了，家裡事情又煩，到底不如在你身邊好，聽說她爹也要回來了，你們好好地過起來，我這就放心了。」

素璞聽了媽媽的一番話，再偷眼看看媽媽老邁的形景，心裡早禁不住一酸，同時站在媽媽身邊那個孩子，一雙無邪的眼睛，親切地望著自己，似乎在懇求自己，不要再拋棄她似的，那眼淚便再也噤不下去了。孩子看見她哭，也用小手揩著眼睛，老太太更是老淚縱橫，這一股難以分析是悲是喜的情緒，包圍了她們。後來還是娘姨來叫素璞去洗臉，老太太才止住眼淚，叫家裡雇的長工小王，帶阿囡出去玩，她自己忙著張羅收拾房間，安頓素璞。

晚上母親和孩子都睡了，素璞回到她自己房裡，坐在燈前，呆呆望著映在窗上的孤影沉思，許多糾紛的問題，如潮水般都湧到心裡來，她深深地嘆息著：「這是一個多麼糾紛的人生呀！」

她把日記本攤開，在那上面寫道：

某月某日今天是我到家的第一日，也就是我被審判的一天。媽媽還在夢想著我同賀士，以後團聚美滿的生活；阿囡呢，在她那純潔的小心靈中，正響著歡喜的歌聲，今天她睡的時候，她曾對母親說：「外婆，等媽媽休息過來時，我便跟媽媽去睡，以後我永遠不離媽媽了，爸爸回來時，我跟著媽媽到上海去。」唉！阿囡，我對不住你呢，媽媽犯了自私的罪惡，在你這小小的生命史上，我已親手給你劃了一道亙古不能消滅的傷痕。你的媽媽和爸爸永遠不能共同的愛護你，你有了媽媽便失掉了爸爸，不然就要失掉媽媽。唉！我太自私了，為什麼不能為著孩子忍受一切呢？唉！懺悔呀，我不該，真不該棄掉賀士，不然這孩子在我們倆人之間，不正是一個永無愁怨的小天使嗎？現在，她簡直被毀壞了。

其實呢，賀士也不是一個壞人，他縱然有一些對不住我的行為，不過我又何嘗對得住他，唉！我不應當和純士結婚，當他認識那位金女士時，我就應當趁機拒絕他，為什麼我那樣自私？為了不願純士抱在另一個女人的懷裡，我便不顧一切地毀滅，只顧抓住那個純潔的青年人呢！唉！天呀，我現在要怎樣辦？……唉！為了女孩，我還應當回到賀士那裡去，是的，只有回到他那裡去，母親衰老殘年我何忍再在她心上劃一道傷痕呢？……而且純士也可以免去困難，他的媽媽不喜阿囡帶在他的身邊，那也是人情；我回到賀士那裡去，純士雖然也要難過，但是純士也當原諒我——而且我相信他一定能原諒我的吧！不久他另外結了婚，慢慢地就好了……不，不能，我除非沒有知覺，不然我忍受得住嗎？……

素璞放下筆，如狂般地跑到床上，將一床夾被，蒙在頭上，拚命地流淚，嗚咽，直到天快發亮了，她才朦朧睡去。

素璞在家裡住了兩個月，表面上她是強裝笑臉，而在深夜大家都睡著了時，她便讓眼淚流溼了枕衣。

在一天下午，她接到賀士從上海寄來的快信，叫她立刻到上海來。素璞對母親說了，母親歡喜得出眼淚道：「好，你快去吧。你們已經幾年不見面了，年輕輕的人正剛快樂的生活，阿囡也帶去，見見爸爸，可憐她爸爸走時，她還不會認人呢！」

素璞被母親一席話，說得幾乎忍不住放聲痛哭，連忙託故走開了。

第二天素璞果真帶了阿囡到上海。那時賀士住在旅館裡，素璞找到了賀士，兩個人見了面，態度都有些不自然。素璞坐在椅上，沉默著，阿囡只躲在素璞身邊；賀士冷眼看她，便伸手拉過來道：「阿囡！你不認得我了吧！」阿囡搖搖頭，掙脫了手，仍舊站在素璞身邊去。

「你前天到的嗎？」素璞向賀士問。

「對了，你們是坐早車來的……」賀士說：「只怕肚子餓了，我們先出去吃飯吧，這旅館的飯菜不能吃。」

他們一同到了附近一家大餐館裡，叫了三份大菜。在吃飯的時候，他們沒有多談什麼，吃完飯他們仍舊回到旅館去。賀士燃了一枝香菸，在屋子裡繞著圈子說道：「純士現在上海嗎？」

「你問他做什麼？」素璞冷冷地回答。

「沒有什麼，隨便問問罷了！」賀士也是冷冷地回答。

「我們的問題究竟怎麼解決呢？」素璞說。

「還有什麼問題嗎？……孩子你願意帶呢，就帶著，不然交給我就是了。」賀士說完，嘆了一口氣，阿囡不知他們說些什麼，只睜著亮晶晶的眼呆望著。

「不是那麼簡單的事！」素璞說：「我想我們有深談的必要。」

「談談也好，不過這地方不方便，我打算一兩天到杭州去一趟，你能同去嗎？……你應當仔細想想，因為我們現在僅僅是朋友了！」賀士苦笑著說。

素璞轉過頭去，悄悄地拭乾了溢出來的淚液答道：

「我想純士一定相信我的，我便同你去，也沒有什麼關係吧！」

「你自己斟酌吧！」賀士說：「純士現在哪裡？」

「他到湖北教書去了。」

「哦，原來如此，那麼你怎麼不同去呢？」

素璞的臉紅了，低下頭半晌不作聲，那眼淚像珠子般滾到衣襟上。

「唉！你又何必傷感！你把孩子的問題解決了，就可以去的。」

素璞聽了這話，抬起頭，望了賀士一望，本望告訴自己最近的決定，但是這種反覆無常的舉動，自己想想真難開口，並且還不知道賀士和那德國女子，究竟怎樣，如果他們已決定結婚了，又怎麼辦呢，因此便忍住了。

過了一些時候，賀士才說道：

「你既然願意跟我到杭州去，那麼我們就趕今晚六點鐘的特別快車去吧！」

「也好，現在已經四點鐘，收拾收拾，差不多該動身了。」

賀士點頭答應，一面又叫茶房來算清帳目，然後叫了一輛汽車直奔火車站去。

到了杭州已經深夜了。

第二天素璞同賀士，帶著孩子，雇了車，到靈隱去。他們在北高峰的一座亭子裡歇了歇，又到白雲洞去。

這時天氣非常炎熱，湖水被日光蒸晒到變成一股熱氣，壓得人幾乎窒了呼吸。素璞和賀士滿身滿臉都是汗，這時走進這陰涼的山洞，心神才覺爽快了，賀士說：

「這個地方很好，我們就在這裡好好地談談吧！」

阿囡在洞口採花玩耍，賀士和素璞各揀了一塊山石，對面坐下，素璞先說道：

「賀士，你近來生活怎樣？我覺得你似乎瘦了些！」

賀士聽了這話，嘆了一口氣道：「我的生活嗎？就是這樣，說不上好，也說不上壞。總之，世界上的事情，我只感到嚼蠟般的乏味！」

「那又何必呢？聽說你已有結婚的日期了，那個德國女子，聽說也是受過大學教育，將來你們一定有一個美滿的家庭了！」素璞試探地說。

「美滿的家庭嗎？我倒也是這麼希望著，不過靠得住否，誰也不知道，真的，我近來心性簡直變了，你知道我已經作了天主教的教徒嗎？」賀士說。

「這可是怪事，你從來不相信宗教的呀，怎麼忽然變了呢？」素璞說。

「宗教這個東西，雖然沒有什麼真理的根據，不過對於失意人卻大有用處呢！」

「唉！」素璞嘆息道：「你近來為什麼總是這樣悲觀，難道你不滿意那個德國女子嗎？或者還有別的緣故呢？」

「緣故很簡單，許多事實是逼著我悲觀，因之我的思想也不能不悲觀了。」

「賀士，我也許是使你悲觀的原因吧！」素璞的聲音有些發抖了。

「不用提那些吧，那只是……」

「只是什麼？」

「一個使人驚懼的惡夢罷了！」

素璞支持不住地嗚咽道：「賀士！我想不到今天的悔恨！我使你受苦，使孩子受苦，也使純士受苦！」

「命運如此啊，素璞！」

「但是我們不能再造命運嗎？賀士！我假使仍舊回到你這裡來，你能免掉痛苦嗎？」

「哦，素璞！你倒會開玩笑，須知人生不是這樣的兒戲般的東西，你回到我這裡來，試問你怎樣對純士！再說我已同那個德國女子訂了婚，我們未來的幸福如何，雖不敢決定，但我卻沒有理由，提出和她解除婚約呢！此外還有一層……」賀士說到這裡忽然停住，嘆了一口氣沉默了。

「還有一層什麼？怎麼又不說了？」

「還有一層啊！素璞！你知道我對於人生是很嚴重的；你試想，我有一天想到我的妻子，曾和另外一個男人住了兩年，我心裡能無傷痕嗎？……我還能快活嗎？……」

這是一句真話，但是它太使素璞傷心了，她哭得暈倒在地下：阿囡連忙跑來，睜著眼莫名其妙地望著他們，看見媽媽直挺挺的睡在地下，也放聲哭起來。

賀士慌忙地抱起素璞來，灌了她一些泉水，才慢慢地醒過來，兀自嗚咽不止道：「賀士！……我懺悔，我一生都要懺悔……」

「過去的已是過去了，你難得遇到純士這樣對於愛情又偉大又真誠的男人，你應當同他好好地過你的生活，孩子呢，你願意你就帶在身邊好了，至於我也何嘗沒有快樂的前途。我們此後作一個永不相忘的朋友罷了！」

從杭州回來後，賀士便到香港去；阿囡仍舊跟著素璞，回到蘇州。剛到家，就看見母親遞了三封信給她，素璞接過來一看，認得都是純士的字，她的眼淚跟著又滾了下來，連忙走到屋裡，把信拆開看。第一封信有幾句是對於她到杭州去的話，她細細地讀了又讀，她覺得純士太好了，連忙拿出日記，把那幾句抄在上面：

素璞！我相信你如相信自己一樣，你去會賀士很應當，你還應當感謝他；對我們的成全。我們所有的快樂，都是他給我們的！

素璞放下日記，手邊拿過一張紙寫給純士道：

唉，純士！純士！這世界上只有你是能了解我的，你是認清我的人格的，媽媽面前所不能開口的，只有向你說；但是純士呀，在這世界上，我也最對不住你，你知道，我曾自動地想離開你，拋棄你，並不是我不愛你，唉，純士！我敢對天發誓，我愛你比愛自己還甚，但是我為什麼忍心叫你受苦，唉，純士！不得已呀！我是一個過渡時代的女人，我腦子裡還有封建時代的餘毒，我不能忍受那些冷諷熱罵，我不能貫徹我自己的夢想，我是弱者，是一個沒有勇氣的弱女子。這麼一個時代下的犧牲者，結果，竟連累了你，連累了那無罪的孩子！

純士啊！在這種情形下，我只有懺悔，只有自罰，純士！多謝你的好意！我現在不能到你身邊來，最好你忘了我吧。

素璞把這封信寄給了純士，她仍住在家裡，每天除了教阿囡讀書外，她便只有沉默。後來母親看她的神色不對，極力地追問她，她才含著淚告訴了母親道：「賀士已跟我離了婚。」

「離了婚，簡直是夢話吧！」母親顫抖地說。

「真的，因為他在德國認得了一個女人，所以我們便只好離婚了。」

「你怎麼早不告訴我？……唉！難道你就這麼輕易地答應了他嗎？」

「是的，媽媽！他的心既然變了，強扭住又有什麼用？」

母親聽了這話，也只有傷心落淚，素璞忍住悲痛勸慰道：「媽媽也不必傷心，這都是命運！」

「唉！我早擔心，所以逼著他結了婚再走，現在到底是這麼個下場！」

「媽媽！」素璞勉強地笑道：「從此我不離開媽媽了，這還不該喜歡嗎？」

「唉！」媽媽仍然垂著淚，素璞的心，流著血，她聽見自己心弦的顫抖。

匆匆的歲月早又到深秋了，素璞的心情也更黯淡，忽然一天純士寄了一封快信來，說他現在病了，客中沒有一個問慰的人，況且又正是秋風秋雨的天氣，他希望素璞能去看他；另外又寄了一首白朗寧的詩是：「神未必這樣想。」她看見那首詩，對於人生的忠實勇敢，已經夠流淚了，再看見純士在那「神未必這樣想」的一句話上，加以密密的圈，並在下面注了一行小字道：

素璞！這詩人已指示了我們：那兩個青年男女，因為顧忌世人的譏彈，因為不能勇敢決定，把生命變成補釘，而世上的人方在那裡讚嘆他們，但是聰明正直的神，他未必這樣想。素璞：你不能更勇敢地跳出人間的牢獄嗎？你不能為自己而做人嗎？你為保存禮教的假面具，把自己的生活，弄成這樣黯淡，你給了世人一些什麼呢？素璞！這只是罪過罷了！你也已經為求忠實光明的人生流過血，你也已經替世人開出一條血路，但是現在你又把這些血跡掩埋了，又把這條血路塞住了，使後來的人，看了你的努力的失敗，更加膽怯，永遠輾轉在那虛偽補釘的生活裡，素璞！無論怎樣，你的這種措施，太使人悲傷了。

素璞把這封信放在枕頭旁，一天看到晚，想到晚，她不知應當怎麼辦。只讓眼淚滴在這張紙上，溼了又乾，乾了又溼！但「神未必這樣想」的一句話，深深地打動了她，也許這就是第一道光明的閃電，跟著就有雷雨或風電的變化吧！但願上帝祝福他們。

電子書購買

國家圖書館出版品預行編目資料

女人的心：欲掙脫禮教的束縛，卻又走兩步退一步 / 盧隱 著 . -- 第一版 . -- 臺北市：崧燁文化事業有限公司 , 2023.08
面； 公分
POD 版
ISBN 978-626-357-458-8(平裝)
857.7 112009222

女人的心：欲掙脫禮教的束縛，卻又走兩步退一步

臉書

作　　者：盧隱
發 行 人：黃振庭
出 版 者：崧燁文化事業有限公司
發 行 者：崧燁文化事業有限公司
E-mail：sonbookservice@gmail.com
粉 絲 頁：https://www.facebook.com/sonbookss/
網　　址：https://sonbook.net/
地　　址：台北市中正區重慶南路一段六十一號八樓 815 室
Rm. 815, 8F., No.61, Sec. 1, Chongqing S. Rd., Zhongzheng Dist., Taipei City 100, Taiwan
電　　話：(02)2370-3310　　傳　　真：(02) 2388-1990
印　　刷：京峯數位服務有限公司
律師顧問：廣華律師事務所 張珮琦律師

定　　價： 250 元
發行日期： 2023 年 08 月第一版
◎本書以 POD 印製